Kafka für Einsteiger

Ausgewählte Texte

Franz

Kafka

für Einsteiger

Ausgewählte Texte

*Bibliografische Information der
Deutschen Nationalbibliothek:*

*Die Deutsche Nationalbibliothek verzeichnet diese Publikation in der
Deutschen Nationalbiografie; detaillierte bibliografische Daten sind
im Internet über http://dnb.de abrufbar.*

1. Auflage | März 2023

© 2023 by Michael Seiler
Herstellung und Verlag:
BoD – Books on Demand, Norderstedt

ISBN: 9783734778933
Covermotiv: Cdd20/Pixabay
Zusammenstellung, Satz und Covergestaltung:
Michael Seiler
gesetzt aus der Garamond

⊕ seilerseite.de
📷 instagram.com/seilerseite
🅕 /seilerseite

Inhaltsverzeichnis

»Ich habe die Beobachtung gemacht,
dass ich nicht deshalb den Menschen
ausweiche, um ruhig zu leben, sondern
um ruhig sterben zu können.«

Tagebucheintrag

Ein Traum

Josef K. träumte:

Es war ein schöner Tag und K. wollte spazieren gehn. Kaum aber hatte er zwei Schritte gemacht, war er schon auf dem Friedhof. Es waren dort sehr künstliche, unpraktisch gewundene Wege, aber er glitt über einen solchen Weg wie auf einem reißenden Wasser in unerschütterlich schwebender Haltung. Schon von der Ferne fasste er einen frisch aufgeworfenen Grabhügel ins Auge, bei dem er haltmachen wollte. Dieser Grabhügel übte fast eine Verlockung auf ihn aus und er glaubte gar nicht eilig genug hinkommen zu können. Manchmal aber sah er den Grabhügel kaum, er wurde ihm verdeckt durch Fahnen, deren Tücher sich wanden und mit großer Kraft aneinanderschlugen; man sah die Fahnenträger nicht, aber es war, als herrsche dort viel Jubel.

Während er den Blick noch in die Ferne gerichtet hatte, sah er plötzlich den gleichen Grabhügel neben sich am Weg, ja fast schon hinter sich. Er sprang eilig

7

ins Gras. Da der Weg unter seinem abspringenden Fuß weiter raste, schwankte er und fiel gerade vor dem Grabhügel ins Knie. Zwei Männer standen hinter dem Grab und hielten zwischen sich einen Grabstein in der Luft; kaum war K. erschienen, stießen sie den Stein in die Erde und er stand wie festgemauert. Sofort trat aus einem Gebüsch ein dritter Mann hervor, den K. gleich als einen Künstler erkannte. Er war nur mit Hosen und einem schlecht zugeknöpften Hemd bekleidet; auf dem Kopf hatte er eine Samtkappe; in der Hand hielt er einen gewöhnlichen Bleistift, mit dem er schon beim Näherkommen Figuren in der Luft beschrieb.

Mit diesem Bleistift setzte er nun oben auf dem Stein an; der Stein war sehr hoch, er musste sich gar nicht bücken, wohl aber musste er sich vorbeugen, denn der Grabhügel, auf den er nicht treten wollte, trennte ihn von dem Stein. Er stand also auf den Fußspitzen und stützte sich mit der linken Hand auf die Fläche des Steines. Durch eine besonders geschickte Hantierung gelang es ihm, mit dem gewöhnlichen Bleistift Goldbuchstaben zu erzielen; er schrieb: »Hier ruht.« Jeder Buchstabe erschien rein und schön, tief geritzt und in vollkommenem Gold. Als er die zwei Worte geschrieben hatte, sah er nach K. zurück; K., der sehr begierig auf das Fortschreiten der Inschrift war, kümmerte sich kaum um den Mann, sondern blickte nur auf den Stein. Tatsächlich setzte der Mann wieder zum Weiterschreiben an, aber er konnte nicht, es bestand irgendein Hindernis, er ließ den Bleistift sinken und drehte sich wieder nach K. um. Nun sah auch K. den Künstler an und merkte, dass dieser in großer Verlegenheit war, aber die Ursache dessen nicht sagen konnte. Alle seine frühere Lebhaftigkeit war verschwunden. Auch K. geriet dadurch in Verlegenheit; sie wechselten hilflose Blicke; es lag ein hässliches Missverständnis vor, das keiner auflösen konnte. Zur Unzeit begann nun auch eine kleine Glocke von der Grabkapelle zu läuten, aber der Künstler fuchtelte mit der erhobenen Hand und sie hörte auf. Nach einem Weilchen begann sie wieder; diesmal ganz leise und, ohne besondere Aufforderung, gleich abbrechend; es war, als wolle sie nur ihren Klang prüfen. K. war untröstlich über die Lage des Künstlers, er begann zu weinen und schluchzte lange in die vorgehaltenen Hände. Der Künstler wartete, bis sich K. beruhigt hatte, und entschloss sich dann, da er keinen andern Ausweg fand, dennoch zum Weiterschreiben. Der erste kleine Strich, den er machte, war für K. eine Erlösung, der Künstler brachte ihn aber offenbar nur mit dem äußersten Widerstreben zustande; die Schrift war auch nicht mehr so schön, vor allem schien es an Gold zu fehlen, blass und unsicher zog sich der Strich hin, nur sehr groß wurde der Buchstabe. Es war ein J, fast war es schon beendet, da stampfte der Künstler wütend mit einem Fuß in den Grabhügel hinein, dass die Erde ringsum in die Höhe flog. Endlich verstand ihn K.;

9

ihn abzubitten, war keine Zeit mehr; mit allen Fingern grub er in Erde, die fast keinen Widerstand leistete; alles schien vorbereitet; nur zum Schein war eine dünne Erdkruste aufgerichtet; gleich hinter ihr öffnete sich mit abschüssigen Wänden ein großes Loch, in das K., von einer sanften Strömung auf den Rücken gedreht, versank. Während er aber unten, den Kopf im Genick noch aufgerichtet, schon von der undurchdringlichen Tiefe aufgenommen wurde, jagte oben sein Name mit mächtigen Zierraten über den Stein.

Entzückt von diesem Anblick erwachte er.

Der Nachhauseweg

Man sehe die Überzeugungskraft der Luft nach dem Gewitter! Meine Verdienste erscheinen mir und überwältigen mich, wenn ich mich auch nicht sträube.

Ich marschiere und mein Tempo ist das Tempo dieser Gassenseite, dieser Gasse, dieses Viertels. Ich bin mit Recht verantwortlich für alle Schläge gegen Türen, auf die Platten der Tische, für alle Trinksprüche, für die Liebespaare in ihren Betten, in den Gerüsten der Neubauten, in dunklen Gassen an die Häusermauer gepresst, auf den Ottomanen der Bordelle.

Ich schätze meine Vergangenheit gegen meine Zukunft, finde aber beide vortrefflich, kann keiner von beiden den Vorzug geben und nur die Ungerechtigkeit der Vorsehung, die mich so begünstigt, muss ich tadeln.

Nur als ich in mein Zimmer trete, bin ich ein wenig nachdenklich, aber ohne dass ich während des Treppensteigens etwas Nachdenkenswertes gefunden hätte. Es hilft mir nicht viel, dass ich das Fenster gänzlich öffne und dass in einem Garten die Musik noch spielt.

»Das entscheidend Charakteristische dieser Welt
ist ihre Vergänglichkeit.«

Aus den »Oktavheften«

Ein Brudermord

Es ist erwiesen, dass der Mord auf folgende Weise erfolgte:

Schmar, der Mörder, stellte sich gegen neun Uhr abends in der mondklaren Nacht an jener Straßenecke auf, wo Wese, das Opfer, aus der Gasse, in welcher sein Büro lag, in jene Gasse einbiegen musste, in der er wohnte.

Kalte, jeden durchschauernde Nachtluft. Aber Schmar hatte nur ein blaues Kleid angezogen; das Röckchen war überdies aufgeknöpft. Er fühlte keine Kälte; auch war er immerfort in Bewegung. Seine Mordwaffe, halb Bajonett, halb Küchenmesser, hielt er ganz bloßgelegt, immer fest im Griff. Betrachtete das Messer gegen das Mondlicht; die Schneide blitzte auf; nicht genug für Schmar; er hieb mit ihr gegen die Backsteine des Pflasters, dass es Funken gab; bereute es vielleicht; und um den Schaden gutzumachen, strich er mit ihr violinbogenartig über seine Stiefelsohle, während er, auf einem Bein stehend, vorgebeugt, gleichzeitig

13

dem Klang des Messers an seinem Stiefel, gleichzeitig in die schicksalsvolle Seitengasse lauschte.

Warum duldete das alles der Private Pallas, der in der Nähe aus seinem Fenster im zweiten Stockwerk alles beobachtete? Ergründe die Menschennatur! Mit hochgeschlagenem Kragen, den Schlafrock um den weiten Leib gegürtet, kopfschüttelnd, blickte er hinab.

Und fünf Häuser weiter, ihm schräg gegenüber, sah Frau Wese, den Fuchspelz über ihrem Nachthemd, nach ihrem Mann aus, der heute ungewöhnlich lange zögerte.

Endlich ertönt die Türglocke vor Weses Büro, zu laut für eine Türglocke, über die Stadt hin, zum Himmel auf, und Wese, der fleißige Nachtarbeiter, tritt dort, in dieser Gasse noch unsichtbar, nur durch das Glockenzeichen angekündigt, aus dem Haus; gleich zählt das Pflaster seine ruhigen Schritte.

Pallas beugt sich weit hervor; er darf nichts versäumen. Frau Wese schließt, beruhigt durch die Glocke, klirrend das Fenster. Schmar aber kniet nieder; da er augenblicklich keine anderen Blößen hat, drückt er nur Gesicht und Hände gegen die Steine; wo alles friert, glüht Schmar.

Gerade an der Grenze, welche die Gassen scheidet, bleibt Wese stehn, nur mit dem Stock stützt er sich in die jenseitige Gasse. Eine Laune. Der Nachthimmel hat ihn angelockt, das Dunkelblaue und das Goldene. Unwissend blickt er es an, unwissend streicht er das

14

Haar unter dem gelüfteten Hut; nichts rückt dort oben zusammen, um ihn die allernächste Zukunft anzuzeigen; alles bleibt an seinem unsinnigen, unerforschlichen Platz. An und für sich sehr vernünftig, dass Wese weitergeht, aber er geht ins Messer des Schmar.

»Wese!«, schreit Schmar, auf den Fußspitzen stehend, den Arm aufgereckt, das Messer scharf gesenkt. »Wese! Vergebens wartet Julia!« Und rechts in den Hals und links in den Hals und drittens tief in den Bauch sticht Schmar. Wasserratten aufgeschlitzt, geben einen ähnlichen Laut von sich wie Wese.

»Getan«, sagt Schmar und wirft das Messer, den überflüssigen blutigen Ballast, gegen die nächste Hausfront. »Seligkeit des Mordes! Erleichterung, Beflügelung durch das Fließen des fremden Blutes! Wese, alter Nachtschatten, Freund, Bierbankgenosse, versickerst im dunklen Straßengrund. Warum bist du nicht einfach eine mit Blut gefüllte Blase, dass ich mich auf dich setzte und du verschwändest ganz und gar. Nicht alles wird erfüllt; nicht alle Blütenträume reiften; dein schwerer Rest liegt hier, schon unzugänglich jedem Tritt. Was soll die stumme Frage, die du damit stellst?«

Pallas, alles Gift durcheinanderwürgend in seinem Leib, steht in seiner zweiflügelig aufspringenden Haustür. »Schmar! Schmar! Alles bemerkt, nichts übersehn.« Pallas und Schmar prüfen einander. Pallas befriedigt's, Schmar kommt zu keinem Ende.

Frau Wese mit einer Volksmenge zu ihren beiden Seiten, eilt mit vor Schrecken ganz gealtertem Gesicht herbei. Der Pelz öffnet sich; sie stürzt über Wese; der nachthemdbekleidete Körper gehört ihm; der über dem Ehepaar sich wie der Rasen eines Grabes schließende Pelz gehört der Menge.

Schmar, mit Mühe die letzte Übelkeit verbeißend, den Mund an die Schulter des Schutzmannes gedrückt, der leichtfüßig ihn davonführt.

Meine Erziehung

Oft überlege ich es und lasse den Gedanken ihren Lauf, ohne mich einzumischen, und immer, wie ich es auch wende, komme ich zum Schluss, dass mir in manchem meine Erziehung schrecklich geschadet hat. In dieser Erkenntnis steckt ein Vorwurf, der gegen eine Menge Leute geht. Da sind die Eltern mit den Verwandten, eine ganz bestimmte Köchin, die Lehrer, einige Schriftsteller – die Liebe, mit der sie mir geschadet haben, macht ihre Schuld noch größer, denn wie sehr hätten sie mir mit Liebe ..., einige der Familie befreundete Familien, ein Schwimmmeister, Eingeborene der Sommerfrischen, einige Damen im Stadtpark, denen man es gar nicht ansehn würde, ein Friseur, eine Bettlerin, ein Steuermann, der Hausarzt und noch viele andere, und es wären noch mehr, wenn ich sie alle mit Namen bezeichnen wollte und könnte, kurz, es sind so viele, dass man achtgeben muss, damit man nicht im Haufen einen zweimal nennt. Nun könnte man meinen, schon durch diese große Anzahl verliere ein Vorwurf an Festigkeit und müsse einfach an Festigkeit verlieren, denn ein Vorwurf sei kein Feldherr, er gehe nur geradeaus und wisse sich nicht zu verteilen. Gar in diesem Falle, wenn er sich gegen vergangene Personen richtet. Die Personen mögen mit einer vergessenen Energie in der Erinnerung festgehalten werden, einen Fußboden werden sie kaum mehr unter sich haben, und selbst ihre Beine werden schon Rauch sein. Und Leuten in solchem Zustand soll man nun mit irgendeinem Nutzen Fehler vorwerfen, die sie in früheren Zeiten einmal bei der Erziehung eines Jungen gemacht haben, der ihnen jetzt so unbegreiflich ist wie sie uns. Aber man bringt sie ja nicht einmal dazu, sich an jene Zeiten zu erinnern, kein Mensch kann sie dazu zwingen, aber offenbar kann man gar nicht von Zwingen reden, sie können sich an nichts erinnern, und dringt man auf sie ein, schieben sie einen stumm beiseite, denn höchstwahrscheinlich hören sie gar nicht die Worte. Wie müde Hunde stehn sie da, weil sie alle ihre Kraft dazu verbrauchen, um in der Erinnerung aufrecht zu bleiben. Wenn man sie aber wirklich dazu brächte, zu hören und zu reden, dann würde es einem von Gegenvorwürfen nur so in den Ohren sausen, denn die Menschen nehmen die Überzeugung von der Ehrwürdigkeit der Toten ins Jenseits mit und vertreten sie von dort aus zehnfach. Und wenn diese Meinung vielleicht nicht richtig wäre und die Toten eine besonders große Ehrfurcht vor den Lebenden hätten, dann werden sie sich erst recht ihrer lebendigen Vergangenheit annehmen, die ihnen doch am nächsten steht, und wieder würden uns die Ohren sausen. Und wenn auch diese Meinung nicht richtig wäre und die Toten gerade sehr unparteiisch wären, so könnten sie es auch dann niemals billigen, dass man mit unbeweisbaren Vorwürfen sie stört. Denn solche Vorwürfe sind schon von Mensch zu Mensch unbeweisbar. Das Dasein von vergangenen Fehlern in der Erziehung ist [nicht] zu beweisen, wie erst die Urheberschaft. Und nun zeige man den Vorwurf, der sich in solcher Lage nicht in einen Seufzer verwandelte.

Das ist der Vorwurf, den ich zu erheben habe. Er hat ein gesundes Innere, die Theorie erhält ihn. Das, was an mir wirklich verdorben worden ist, aber vergesse ich vorerst oder verzeihe es und mache noch keinen Lärm damit. Dagegen kann ich jeden Augenblick beweisen, dass meine Erziehung einen anderen Menschen aus mir machen wollte als den, der ich geworden bin. Den Schaden also, den mir meine Erzieher nach ihrer Absicht hätten zufügen können, den mache ich ihnen zum Vorwurf, verlange aus ihren Händen den Menschen, der ich jetzt bin, und da sie ihn mir nicht geben können, mache ich ihnen aus Vorwurf und Lachen ein Trommelschlagen bis in die jenseitige Welt hinein. Doch dient das alles nur einem andern Zweck. Der Vorwurf darüber, dass sie mir doch ein Stück von mir verdorben haben – ein gutes schönes Stück verdorben haben – im Traum erscheint es mir manchmal wie andern die tote Braut –, dieser Vorwurf, der immer auf dem Sprung ist, ein Seufzer zu werden, er soll vor allem unbeschädigt hinüberkommen, als ein ehrlicher Vorwurf, der er auch ist. So geschieht es, der große Vorwurf, dem nichts geschehen kann, nimmt den kleinen bei der Hand, geht der große, hüpft der kleine, ist aber der kleine einmal drüben, zeichnet er sich noch aus, wir haben es immer erwartet, und bläst zur Trommel die Trompete.

Oft überlege ich es und lasse den Gedanken ihren Lauf, ohne mich einzumischen, aber immer komme ich zu dem Schluss, dass mich meine Erziehung mehr verdorben hat, als ich es verstehen kann. In meinem Äußern bin ich ein Mensch wie andere, denn meine körperliche Erziehung hielt sich ebenso an das Gewöhnliche, wie auch mein Körper gewöhnlich war, und wenn ich auch ziemlich klein und etwas dick bin, gefalle ich doch vielen, auch Mädchen. Darüber ist nichts zu sagen. Noch letzthin sagte eine etwas sehr Vernünftiges: »Ach, könnte ich Sie doch einmal nackt sehen, da müssen Sie erst hübsch und zum küssen sein.« Wenn mir aber hier die Oberlippe, dort die Ohrmuschel, hier eine Rippe, dort ein Finger fehlte, wenn ich auf dem Kopf haarlose Flecke und Pockennarben im Gesicht hätte, es wäre noch kein genügendes Gegenstück meiner innern Unvollkommenheit. Diese Unvollkommenheit ist nicht angeboren und darum um so schmerzlicher zu tragen. Denn wie jeder habe auch ich von Geburt aus meinen Schwerpunkt in mir, den auch die närrischste

Erziehung nicht verrücken konnte. Diesen guten Schwerpunkt habe ich noch, aber gewissermaßen nicht mehr den zugehörigen Körper. Und ein Schwerpunkt, der nichts zu arbeiten hat, wird zu Blei und steckt im Leib wie eine Flintenkugel. Jene Unvollkommenheit ist aber auch nicht verdient, ich habe ihr Entstehn ohne mein Verschulden erlitten. Darum kann ich in mir auch nirgends Reue finden, soviel ich sie auch suche. Denn Reue wäre für mich gut, sie weint sich ja in sich selbst aus, sie nimmt den Schmerz beiseite und erledigt jede Sache allein wie einen Ehrenhandel; wir bleiben aufrecht, indem sie uns erleichtert.

Meine Unvollkommenheit ist, wie ich sagte, nicht angeboren, nicht verdient, trotzdem ertrage ich sie besser, als andere unter großer Arbeit der Einbildung mit ausgesuchten Hilfsmitteln viel kleineres Unglück ertragen, eine abscheuliche Ehefrau zum Beispiel, ärmliche Verhältnisse, elende Berufe, und bin dabei keineswegs schwarz vor Verzweiflung im Gesicht, sondern weiß und rot.

Ich wäre es nicht, wenn meine Erziehung so weit in mich gedrungen wäre, wie sie wollte. Vielleicht war meine Jugend zu kurz dazu, dann lobe ich ihre Kürze noch jetzt in meinen Vierzigerjahren aus voller Brust. Nur dadurch war es möglich, dass mir noch Kräfte bleiben, um mir der Verluste meiner Jugend bewusst zu werden, weiter, um diese Verluste zu verschmerzen, weiter, um Vorwürfe gegen die Vergangenheit nach allen Seiten zu erheben und endlich ein Rest von Kraft für mich selbst. Aber alle diese Kräfte sind wieder nur ein Rest jener, die ich als Kind besaß und die mich mehr als andere den Verderben der Jugend ausgesetzt haben, ja ein guter Rennwagen wird vor allen von Staub und Wind verfolgt und überholt, und seine Räder fliegen über die Hindernisse, dass man fast an Liebe glauben sollte.

Was ich jetzt noch bin, wird mir am deutlichsten in der Kraft, mit der die Vorwürfe aus mir herauswollen. Es gab Zeiten, wo ich in mir nichts anderes als vor Wut getriebene Vorwürfe hatte, dass ich bei körperlichem Wohlbefinden mich auf der Gasse an fremden Leuten festhielt, weil sich die Vorwürfe in mir von einer Seite auf die andere warfen, wie Wasser in einem Becken, das man rasch trägt.

Jene Zeiten sind vorüber. Die Vorwürfe liegen in mir herum wie fremde Werkzeuge, die zu fassen zu heben ich kaum den Mut mehr habe. Dabei scheint die Verderbnis meiner alten Erziehung mehr und mehr in mir von neuem zu wirken, die Sucht, sich zu erinnern, vielleicht eine allgemeine Eigenschaft der Junggesellen meines Alters, öffnet wieder mein Herz jenen Menschen, welche meine Vorwürfe schlagen sollten, und ein Ereignis wie das gestrige, früher so häufig wie das Essen, ist jetzt so selten, dass ich es notiere.

Aber darüber hinaus noch bin ich selbst, ich, der jetzt die Feder weggelegt hat, um das Fenster zu öffnen, vielleicht die beste Hilfskraft meiner Angreifer. Ich unterschätze mich nämlich, und das bedeutet schon ein Überschätzen der andern, aber ich überschätze sie noch außerdem. Und abgesehen davon, schade ich mir noch geradeaus. Überkommt mich Lust zu Vorwürfen, schaue ich aus dem Fenster. Wer leugnet es, dass dort in ihren Booten die Angler sitzen, wie Schüler, die man aus der Schule auf den Fluss getragen hat; gut, ihr Stillhalten ist oft unverständlich, wie jenes der Fliegen auf den Fensterscheiben. Und über die Brücke fahren die Elektrischen, natürlich wie immer mit vergröbertem Windesrauschen und läuten wie verdorbene Uhren, kein Zweifel, dass der Polizeimann, schwarz von unten bis hinauf, mit dem gelben Licht der Medaille auf der Brust, an nichts anderes als an die Hölle erinnert und nun mit Gedanken, ähnlich den meinen, einen Angler betrachtet, der sich plötzlich – weint er, hat er eine Erscheinung oder zuckt der Kork? – zum Bootsrand bückt. Das alles ist richtig, aber zu seiner Zeit, jetzt sind nur die Vorwürfe richtig.

Sie gehn gegen eine Menge Leute, das kann ja erschrecken, und nicht nur ich aus dem offenen Fenster, auch jeder andere würde lieber den Fluss ansehn. Da sind die Eltern und die Verwandten. Dass sie mir aus Liebe geschadet haben, macht ihre Schuld noch größer, denn wie sehr hätten sie mir aus Liebe nützen können; dann befreundete Familien mit bösem Blick, aus Schuldbewusstsein machen sie sich schwer und wollen nicht in die Erinnerung hinauf; dann die Haufen der Kindermädchen, der Lehrer und der Schriftsteller und eine ganz bestimmte Köchin mitten unter ihnen, dann, zur Strafe ineinander übergehend, ein Hausarzt, ein Friseur, ein Steuermann, eine Bettlerin, ein Papierverkäufer, ein Parkwächter, ein Schwimmeister, dann fremde Damen aus dem Stadtpark, denen man es gar nicht ansehn würde, Eingeborene der Sommerfrischen als Verhöhnung der unschuldigen Natur und viele andere; aber es wären noch mehr, wenn ich sie alle mit Namen nennen wollte und könnte, kurz, es sind so viele, dass man achtgeben muss, dass man sie nicht zweimal nennt.

Ich überlege es oft und lasse den Gedanken ihren Lauf, ohne mich einzumischen, aber immer komme ich zu dem gleichen Schluss, dass die Erziehung mich mehr verdorben hat als alle Leute, die ich kenne, und mehr als ich begreife. Doch kann ich das nur einmal von Zeit zu Zeit aussprechen, dann fragt man mich danach: »Wirklich? Ist das möglich? Soll man das glauben?« Schon suche ich es aus nervösem Schrecken einzuschränken.

Außen schaue ich wie jeder andere aus; habe Beine, Rumpf und Kopf, Hosen, Rock und Hut; man hat mich ordentlich turnen lassen, und wenn ich dennoch ziemlich klein und schwach geblieben bin, so war das eben nicht zu vermeiden. Im übrigen gefalle ich vielen, selbst jungen Mädchen, und denen ich nicht gefalle, die finden mich doch erträglich.

Wenn ich es bedenke, so muss ich sagen, dass mir meine Erziehung in mancher Richtung sehr geschadet hat. Ich bin ja nicht irgendwo abseits, vielleicht in einer Ruine in den Bergen, erzogen worden, dagegen könnte ich ja kein Wort des Vorwurfes herausbringen. Auf die Gefahr hin, dass die ganze Reihe meiner vergangenen Lehrer dies nicht begreifen kann, gerne und am liebsten wäre ich jener kleine Ruinenbewohner gewesen, abgebrannt, von der Sonne, die da zwischen den Trümmern von allen Seiten auf den lauen Efeu mir geschienen hätte, wenn ich auch im Anfang schwach gewesen wäre unter dem Druck meiner guten Eigenschaften, die mit der Macht des Unkrauts in mir emporgewachsen wären.

Wenn ich es bedenke, so muss ich sagen, dass mir meine Erziehung in mancher Richtung sehr geschadet hat. Dieser Vorwurf trifft eine Menge Leute, nämlich meine Eltern, einige Verwandte, einzelne Besucher unseres Hauses, verschiedene Schriftsteller, eine ganz bestimmte Köchin, die mich ein Jahr lang zur Schule führte, einen Haufen Lehrer (die ich in meiner Erinnerung eng zusammendrücken muss, sonst entfällt mir hie und da einer, da ich sie aber so zusammengedrängt habe, bröckelt wieder das Ganze stellenweise ab), einen Schulinspektor, langsam gehende Passanten, kurz, dieser Vorwurf windet sich wie ein Dolch durch die Gesellschaft und keiner, ich wiederhole, leider keiner ist dessen sicher, dass die Dolchspitze nicht einmal plötzlich vorn, hinten oder seitwärts erscheint. Auf diesen Vorwurf will ich keine Widerrede hören, da ich schon zu viele gehört habe und da ich in den meisten Widerreden auch widerlegt worden bin, beziehe ich diese Widerreden mit in meinen Vorwurf und erkläre nun, meine Erziehung und diese Widerlegung haben mir in mancherlei Richtung sehr geschadet.

Oft überlege ich es, und immer muss ich dann sagen, dass mir meine Erziehung in manchem sehr geschadet hat. Dieser Vorwurf geht gegen eine Menge Leute, allerdings sie stehn hier beisammen, wissen wie auf alten Gruppenbildern nichts miteinander anzufangen, die Augen niederzuschlagen fällt ihnen gerade nicht ein und zu lächeln wagen sie vor Erwartung nicht. Es sind da meine Eltern, einige Verwandte, einige Lehrer, eine ganz bestimmte Köchin, einige Mädchen aus Tanzstunden, einige Besucher unseres Hauses aus früherer Zeit, einige Schriftsteller, ein Schwimmmeister, ein Billeteur, ein Schulinspektor, dann einige, denen ich nur einmal auf der Gasse begegnet bin, und andere, an die ich mich gerade nicht erinnern kann, und solche, an die ich mich niemals mehr erinnern werde, und solche endlich, deren Unterricht ich, irgendwie damals abgelenkt, überhaupt nicht bemerkt habe, kurz, es sind so viele, dass man achtgeben muss, einen nicht zweimal zu nennen. Und ihnen allen gegenüber spreche ich meinen Vorwurf aus, mache sie auf diese Weise miteinander bekannt, dulde aber keine Widerrede. Denn ich habe wahrhaftig schon genug Widerreden ertragen, und da ich in den meisten widerlegt worden bin, kann ich nicht anders, als auch diese Widerlegungen in meinen Vorwurf mit einzubeziehen und zu sagen, dass mir außer meiner Erziehung auch diese Widerlegungen in manchem sehr geschadet haben.

Erwartet man vielleicht, dass ich irgendwo abseits erzogen worden bin? Nein, mitten in der Stadt bin ich erzogen worden, mitten in der Stadt. Nicht zum Beispiel in einer Ruine in den Bergen oder am See. Meine Eltern und ihr Gefolge waren bis jetzt von meinem Vorwurf bedeckt und grau, nun schieben sie ihn leicht beiseite und lächeln, weil ich meine Hände von ihnen weg an meine Stirn gezogen habe und denke: Ich hätte der kleine Ruinenbewohner sein sollen, horchend ins Geschrei der Dohlen, von ihren Schatten überflogen, auskühlend unter dem Mond, wenn ich auch am Anfang ein wenig schwach gewesen wäre unter dem Druck meiner guten Eigenschaften, die mit der Macht des Unkrauts in mir hätten wachsen müssen, abgebrannt von der Sonne, die zwischen den Trümmern hindurch auf mein Efeulager von allen Seiten mir geschienen hätte.

»Je länger man vor der Tür zögert,
desto fremder wird man.«

Aus der Erzählung »Heimkehr«

Der Fahrgast

Ich stehe auf der Plattform des elektrischen Wagens und bin vollständig unsicher in Rücksicht meiner Stellung in dieser Welt, in dieser Stadt, in meiner Familie. Auch nicht beiläufig könnte ich aussprechen, welche Ansprüche ich in irgendeiner Richtung mit Recht vorbringen könnte. Ich kann es gar nicht verteidigen, dass ich auf dieser Plattform stehe, mich an dieser Schlinge halte, von diesem Wagen mich tragen lasse, dass Leute dem Wagen ausweichen oder still gehn oder vor den Schaufenstern ruhn. – Niemand verlangt es ja von mir, aber das ist gleichgültig.

Der Wagen nähert sich einer Haltestelle, ein Mädchen stellt sich nahe den Stufen, zum Aussteigen bereit. Sie erscheint mir so deutlich, als ob ich sie betastet hätte.

Sie ist schwarz gekleidet, die Rockfalten bewegen sich fast nicht, die Bluse ist knapp und hat einen Kragen aus weißer kleinmaschiger Spitze. Die linke Hand hält sie flach an die Wand, der Schirm in ihrer Rechten steht auf der zweitobersten Stufe. Ihr Gesicht ist braun, die Nase, an den Seiten schwach gepresst, schließt rund

Der Fahrgast

und breit ab. Sie hat viel braunes Haar und verwehte Härchen an der rechten Schläfe. Ihr kleines Ohr liegt eng an, doch sehe ich, da ich nahe stehe, den ganzen Rücken der rechten Ohrmuschel und den gebogenen Schatten an der Wurzel.

Ich fragte mich damals: Wieso kommt es, dass sie nicht über sich verwundert ist, dass sie den Mund geschlossen hält und nichts dergleichen sagt.

Gespräch mit dem Betrunkenen

Als ich aus dem Haustor mit kleinem Schritte trat, wurde ich von dem Himmel mit Mond und Sternen und großer Wölbung und von dem Ringplatz mit Rathaus, Mariensäule und Kirche überfallen.

Ich ging ruhig aus dem Schatten ins Mondlicht, knöpfte den Überzieher auf und wärmte mich; dann ließ ich durch Erheben der Hände das Sausen der Nacht schweigen und fing zu überlegen an:

»Was ist es doch, dass Ihr tut, als wenn Ihr wirklich wäret. Wollt Ihr mich glauben machen, dass ich unwirklich bin, komisch auf dem grünen Pflaster stehend? Aber doch ist es schon lange her, dass du wirklich warst, du Himmel, und du Ringplatz bist niemals wirklich gewesen.«

»Es ist ja wahr, noch immer seid Ihr mir überlegen, aber doch nur dann, wenn ich Euch in Ruhe lasse.«

»Gott sei Dank, Mond, du bist nicht mehr Mond, aber vielleicht ist es nachlässig von mir, dass ich dich Mondbenannten noch immer Mond nenne. Warum bist du nicht mehr so übermütig, wenn ich dich nenne

31

›Vergessene Papierlaterne in merkwürdiger Farbe‹. Und warum ziehst du dich fast zurück, wenn ich dich ›Mariensäule‹ nenne und ich erkenne deine drohende Haltung nicht mehr Mariensäule, wenn ich dich nenne ›Mond, der gelbes Licht wirft‹.«

»Es scheint nun wirklich, dass es Euch nicht gut tut, wenn man über Euch nachdenkt; Ihr nehmt ab an Mut und Gesundheit.«

»Gott, wie zuträglich muss es erst sein, wenn Nachdenkender vom Betrunkenen lernt!«

»Warum ist alles still geworden. Ich glaube es ist kein Wind mehr. Und die Häuschen, die oft wie auf kleinen Rädern über den Platz rollen, sind ganz festgestampft — still — still — man sieht gar nicht den dünnen, schwarzen Strich, der sie sonst vom Boden trennt.«

Und ich setzte mich in Lauf. Ich lief ohne Hindernis dreimal um den großen Platz herum und da ich keinen Betrunkenen traf, lief ich ohne die Schnelligkeit zu unterbrechen und ohne Anstrengung zu verspüren gegen die Karlsgasse. Mein Schatten lief oft kleiner als ich neben mir an der Wand, wie in einem Hohlweg zwischen Mauer und Straßengrund.

Als ich bei dem Hause der Feuerwehr vorüberkam, hörte ich vom kleinen Ring her Lärm und als ich dort einbog, sah ich einen Betrunkenen am Gitterwerk des Brunnens stehn, die Arme waagerecht haltend und mit den Füßen, die in Holzpantoffeln staken, auf die Erde stampfend.

Ich blieb zuerst stehn, um meine Atmung ruhig werden zu lassen, dann ging ich zu ihm, nahm meinen Zylinder vom Kopfe und stellte mich vor:

»Guten Abend, zarter Edelmann, ich bin dreiundzwanzig Jahre alt, aber ich habe noch keinen Namen. Sie aber kommen sicher mit erstaunlichen, ja mit singbaren Namen aus dieser großen Stadt Paris. Der ganz unnatürliche Geruch des ausgleitenden Hofes vom Frankreich umgibt Sie.«

»Sicher haben Sie mit Ihren gefärbten Augen jene großen Damen gesehn, die schon auf der hohen und lichten Terrasse stehn, sich in schmaler Taille ironisch umwendend, während das Ende ihrer auch auf der Treppe ausgebreiteten bemalten Schleppe noch über dem Sand des Gartens liegt. — Nicht wahr, auf langen Stangen, überall verteilt, steigen Diener in grauen frechgeschnittenen Fräcken und weißen Hosen, die Beine um die Stange gelegt, den Oberkörper aber oft nach hinten und zur Seite gebogen, denn sie müssen an Stricken riesige graue Leinwandtücher von der Erde heben und in die Höhe spannen, weil die große Dame einen nebligen Morgen wünscht.« Da er sich rülpste, sagte ich fast erschrocken: »Wirklich, ist es wahr, Sie kommen Herr aus unserem Paris, aus dem stürmischen Paris, ach, aus diesem schwärmerischen Hagelwetter?« Als er sich wieder rülpste, sagte ich verlegen: »Ich weiß, es widerfährt mir eine große Ehre«.

Und ich knöpfte mit raschen Fingern meinen

Überzieher zu, dann redete ich inbrünstig und schüchtern:

»Ich weiß, Sie halten mich einer Antwort nicht für würdig, aber ich müsste ein verweintes Leben führen, wenn ich Sie heute nicht fragte.«

»Ich bitte Sie, so geschmückter Herr, ist das wahr, was man mir erzählt hat. Gibt es in Paris Menschen, die nur aus verzierten Kleidern bestehn und gibt es dort Häuser, die bloß Portale haben und ist es wahr, dass an Sommertagen der Himmel über der Stadt fliehend blau ist, nur verschönt durch angepresste weiße Wölkchen, die alle die Form von Herzen haben? Und gibt es dort ein Panoptikum mit großem Zulauf, in dem bloß Bäume stehn mit den Namen der berühmtesten Helden, Verbrecher und Verliebten auf kleinen angehängten Tafeln.«

»Und dann noch diese Nachricht! Diese offenbar lügnerische Nachricht!«

»Nicht wahr, diese Straßen von Paris sind plötzlich verzweigt; sie sind unruhig, nicht wahr? Es ist nicht immer alles in Ordnung, wie könnte es auch sein! Es geschieht einmal ein Unfall, Leute sammeln sich, aus den Nebenstraßen kommend mit dem großstädtischen Schritt, der das Pflaster nur wenig berührt; alle sind zwar in Neugierde, aber auch in Furcht vor Enttäuschung; sie atmen schnell und strecken ihre kleinen Köpfe vor. Wenn sie aber einander berühren, so verbeugen sie sich tief und bitten um Verzeihung: ›Es tut mir sehr leid,

— es geschah ohne Absicht — das Gedränge ist groß, verzeihen Sie, ich bitte — es war sehr ungeschickt von mir — ich gebe das zu. Mein Name ist — mein Name ist Jerome Faroche, Gewürzkrämer bin ich in der rue du Cabotin — gestatten Sie, dass ich Sie für morgen zum Mittagessen einlade — auch meine Frau würde so große Freude haben.‹ So reden sie, während doch die Gasse betäubt ist und der Rauch der Schornsteine zwischen die Häuser fällt. So ist es doch. Und wäre es möglich, dass da einmal auf einem belebten Boulevard eines vornehmen Viertels zwei Wagen halten. Diener öffnen ernst die Türen. Acht edle sibirische Wolfshunde tänzeln hinunter und jagen bellend über die Fahrbahn in Sprüngen. Und da sagt man, dass es verkleidete junge Pariser Stutzer sind.«

Er hatte die Augen fast geschlossen. Als ich schwieg, steckte er beide Hände in den Mund und riss am Unterkiefer. Sein Kleid war ganz beschmutzt. Man hatte ihn vielleicht aus einer Weinstube hinausgeworfen und er war darüber noch nicht im Klaren.

Es war vielleicht diese kleine, ganz ruhige Pause zwischen Tag und Nacht, wo uns der Kopf, ohne dass wir es erwarten, im Genicke hängt und wo alles, ohne dass wir es merken, still steht, da wir es nicht betrachten, und dann verschwindet. Während wir mit gebogenem Leib allein bleiben, uns dann umschaun, aber nichts mehr sehn, auch keinen Widerstand der Luft mehr fühlen, aber innerlich uns an der Erinnerung halten, dass in gewissem Abstand von uns Häuser stehn mit Dächern und glücklicherweise eckigen Schornsteinen, durch die das Dunkel in die Häuser fließt, durch die Dachkammern in die verschiedenartigen Zimmer. Und es ist ein Glück, dass morgen ein Tag sein wird, an dem, so unglaublich es ist, man alles wird sehen können.

Da riss der Betrunkene seine Augenbrauen hoch, so dass zwischen ihnen und den Augen ein Glanz entstand und erklärte in Absätzen: »Das ist so nämlich — ich bin nämlich schläfrig, daher werde ich schlafen gehn. — Ich habe nämlich einen Schwager am Wenzelsplatz — dorthin geh ich, denn dort wohne ich, denn dort habe ich mein Bett. — Ich geh jetzt. — Ich weiß nämlich nur nicht, wie er heißt und wo er wohnt — mir scheint, das habe ich vergessen — aber das macht nichts, denn ich weiß ja nicht einmal, ob ich überhaupt einen Schwager habe. — Jetzt gehe ich nämlich. — Glauben Sie, dass ich ihn finden werde?«

Darauf sagte ich ohne Bedenken: »Das ist sicher. Aber Sie kommen aus der Fremde und Ihre Dienerschaft ist zufällig nicht bei Ihnen. Gestatten Sie, dass ich Sie führe«.

Er antwortete nicht. Da reichte ich ihm meinen Arm, damit er sich einhänge.

Das nächste Dorf

Mein Großvater pflegte zu sagen: »Das Leben ist erstaunlich kurz. Jetzt in der Erinnerung drängt es sich mir so zusammen, dass ich zum Beispiel kaum begreife, wie ein junger Mensch sich entschließen kann ins nächste Dorf zu reiten, ohne zu fürchten, dass — von unglücklichen Zufällen ganz abgesehen — schon die Zeit des gewöhnlichen, glücklich ablaufenden Lebens für einen solchen Ritt bei weitem nicht hinreicht.«

»Glauben heißt: das Unzerstörbare in sich befreien, oder richtiger: sich befreien, oder richtiger: unzerstörbar sein, oder richtiger: sein.«

Aus den Oktavheften

Gespräch mit dem Beter

Es gab eine Zeit, in der ich Tag um Tag in eine Kirche ging, denn ein Mädchen, in das ich mich verliebt hatte, betete dort knieend eine halbe Stunde am Abend, unterdessen ich sie in Ruhe betrachten konnte.

Als einmal das Mädchen nicht gekommen war und ich unwillig auf die Betenden blickte, fiel mir ein junger Mensch auf, der sich mit seiner ganzen mageren Gestalt auf den Boden geworfen hatte. Von Zeit zu Zeit packte er mit der ganzen Kraft seines Körpers seinen Schädel und schmetterte ihn seufzend in seine Handflächen, die auf den Steinen auflagen.

In der Kirche waren nur einige alte Weiber, die oft ihr eingewickeltes Köpfchen mit seitlicher Neigung drehten, um nach dem Betenden hinzusehn. Diese Aufmerksamkeit schien ihn glücklich zu machen, denn vor jedem seiner frommen Ausbrüche ließ er seine Augen umgehn, ob die zuschauenden Leute zahlreich wären. Ich fand das ungebührlich und beschloss ihn anzureden, wenn er aus der Kirche ginge, und ihn auszufragen, warum er in dieser Weise bete. Ja, ich war ärgerlich, weil mein Mädchen nicht gekommen war.

Aber erst nach einer Stunde stand er auf, schlug ein ganz sorgfältiges Kreuz und ging stoßweise zum Becken. Ich stellte mich auf dem Wege zwischen Becken und Türe auf und wusste, dass ich ihn nicht ohne Erklärung durchlassen würde. Ich verzerrte meinen Mund, wie ich es immer als Vorbereitung tue, wenn ich mit Bestimmtheit reden will. Ich trat mit dem rechten Beine vor und stützte mich darauf, während ich das linke nachlässig auf der Fußspitze hielt; auch das gibt mir Festigkeit.

Nun ist es möglich, dass dieser Mensch schon auf mich schielte, als er das Weihwasser in sein Gesicht spritzte, vielleicht auch hatte er mich schon früher mit Besorgnis bemerkt, denn jetzt unerwartet rannte er zur Türe hinaus. Die Glastür schlug zu. Und als ich gleich nachher aus der Türe trat, sah ich ihn nicht mehr, denn dort gab es einige schmale Gassen und der Verkehr war mannigfaltig.

In den nächsten Tagen blieb er aus, aber mein Mädchen kam. Sie war in dem schwarzen Kleide, welches auf den Schultern durchsichtige Spitzen hatte, — der Halbmond des Hemdrandes lag unter ihnen —, von deren unterem Rande die Seide in einem wohlgeschnittenen Kragen niederging. Und da das Mädchen kam, vergaß ich den jungen Mann und selbst dann kümmerte ich mich nicht um ihn, als er später wieder regelmäßig kam und nach seiner Gewohnheit

40

betete. Aber immer ging er mit großer Eile an mir vorüber, mit abgewendetem Gesichte. Vielleicht lag es daran, dass ich mir ihn immer nur in Bewegung denken konnte, so dass es mir, selbst wenn er stand, schien, als schleiche er.

Einmal verspätete ich mich in meinem Zimmer. Trotzdem ging ich noch in die Kirche. Ich fand das Mädchen nicht mehr dort und wollte nach Hause gehn. Da lag dort wieder dieser junge Mensch. Die alte Begebenheit fiel mir jetzt ein und machte mich neugierig.

Auf den Fußspitzen glitt ich zum Türgang, gab dem blinden Bettler, der dort saß, eine Münze und drückte mich neben ihn hinter den geöffneten Türflügel; dort saß ich eine Stunde lang und machte vielleicht ein listiges Gesicht. Ich fühlte mich dort wohl und beschloss öfters herzukommen. In der zweiten Stunde fand ich es unsinnig hier wegen des Beters zu sitzen. Und dennoch ließ ich noch eine dritte Stunde schon zornig die Spinnen über meine Kleider kriechen, während die letzten Menschen lautatmend aus dem Dunkel der Kirche traten.

Da kam er auch. Er ging vorsichtig und seine Füße betasteten zuerst leichthin den Boden, ehe sie auftraten.

Ich stand auf, machte einen großen und geraden Schritt und ergriff den jungen Menschen. »Guten Abend«, sagte ich und stieß ihn, meine Hand an seinem Kragen, die Stufen hinunter auf den beleuchteten Platz.

Als wir unten waren, sagte er mit einer völlig unbefestigten Stimme: »Guten Abend, lieber, lieber Herr, zürnen Sie mir nicht, Ihrem höchst ergebenen Diener.«

»Ja«, sagte ich, »ich will Sie einiges fragen, mein Herr; voriges Mal entkamen Sie mir, das wird Ihnen heute kaum gelingen.«

»Sie sind mitleidig, mein Herr, und Sie werden mich nach Hause gehen lassen. Ich bin bedauernswert, das ist die Wahrheit.«

»Nein«, schrie ich in den Lärm der vorüberfahrenden Straßenbahn, »ich lasse Sie nicht. Gerade solche Geschichten gefallen mir. Sie sind ein Glücksfang. Ich beglückwünsche mich.«

Da sagte er: »Ach Gott, Sie haben ein lebhaftes Herz und einen Kopf aus einem Block. Sie nennen mich einen Glücksfang, wie glücklich müssen Sie sein! Denn mein Unglück ist ein schwankendes Unglück, ein auf einer dünnen Spitze schwankendes Unglück und berührt man es, so fällt es auf den Frager. Gute Nacht, mein Herr«.

»Gut«, sagte ich und hielt seine rechte Hand fest, »wenn Sie mir nicht antworten werden, werde ich hier auf der Gasse zu rufen anfangen. Und alle Ladenmädchen, die jetzt aus den Geschäften kommen und alle ihre Liebhaber, die sich auf sie freuen, werden zusammenlaufen, denn sie werden glauben, ein Droschkenpferd sei gestürzt oder etwas dergleichen sei geschehen. Dann werde ich Sie den Leuten zeigen.«

Da küsste er weinend abwechselnd meine beiden Hände. »Ich werde Ihnen sagen, was Sie wissen wollen, aber bitte, gehen wir lieber in die Seitengasse drüben.« Ich nickte und wir gingen hin.

Aber er begnügte sich nicht mit dem Dunkel der Gasse, in der nur weit voneinander gelbe Laternen waren, sondern er führte mich in den niedrigen Flurgang eines alten Hauses unter ein Lämpchen, das vor der Holztreppe tropfend hing.

Dort nahm er wichtig sein Taschentuch und sagte, es auf eine Stufe breitend: »Setzt Euch doch lieber Herr, da könnt Ihr besser fragen, ich bleibe stehen, da kann ich besser antworten. Quält mich aber nicht.«

Da setzte ich mich und sagte, indem ich mit schmalen Augen zu ihm aufblickte: »Ihr seid ein gelungener Tollhäusler, das seid Ihr! Wie benehmt Ihr Euch doch in der Kirche! Wie ärgerlich ist das und wie unangenehm den Zuschauern! Wie kann man andächtig sein, wenn man Euch anschauen muss.«

Er hatte seinen Körper an die Mauer gepresst, nur den Kopf bewegte er frei in der Luft. »Ärgert Euch nicht — warum sollt Ihr Euch ärgern über Sachen, die Euch nicht angehören. Ich ärgere mich, wenn ich mich ungeschickt benehme; benimmt sich aber nur ein anderer schlecht, dann freue ich mich. Also ärgert Euch nicht, wenn ich sage, dass es der Zweck meines Lebens ist, von den Leuten angeschaut zu werden.«

»Was sagt Ihr da«, rief ich viel zu laut für den niedrigen Gang, aber ich fürchtete mich dann, die Stimme zu schwächen, »wirklich was sagtet Ihr da. Ja ich ahne schon, ja ich ahnte es schon, seit ich Euch zum ersten Mal sah, in welchem Zustande Ihr seid. Ich habe Erfahrung und es ist nicht scherzend gemeint, wenn ich sage, dass es eine Seekrankheit auf festem Lande ist. Deren Wesen ist so, dass Ihr den wahrhaftigen Namen der Dinge vergessen habt und über sie jetzt in einer Eile zufällige Namen schüttet. Nur schnell, nur schnell! Aber kaum seid Ihr von ihnen weggelaufen, habt Ihr wieder ihre Namen vergessen. Die Pappel in den Feldern, die Ihr den ›Turm von Babel‹ genannt habt, denn Ihr wusstet nicht oder wolltet nicht wissen, dass es eine Pappel war, schaukelt wieder namenlos und Ihr müsst sie nennen ›Noah, wie er betrunken war‹.«

Ich war ein wenig bestürzt, als er sagte: »Ich bin froh, dass ich das, was Ihr sagtet, nicht verstanden habe.«

Aufgeregt sagte ich rasch: »Dadurch, dass Ihr froh seid darüber, zeigt Ihr, dass Ihr es verstanden habt.«

»Freilich habe ich es gezeigt, gnädiger Herr, aber auch Ihr habt merkwürdig gesprochen.«

Ich legte meine Hände auf eine obere Stufe, lehnte mich zurück und fragte in dieser fast unangreifbaren Haltung, welche die letzte Rettung der Ringkämpfer ist: »Ihr habt eine lustige Art, Euch zu retten, indem Ihr Euren Zustand bei den anderen voraussetzt.«

Daraufhin wurde er mutig. Er legte die Hände ineinander, um seinem Körper eine Einheit zu geben, und sagte unter leichtem Widerstreben: »Nein, ich tue das nicht gegen alle, zum Beispiel auch gegen Euch nicht, weil ich es nicht kann. Aber ich wäre froh, wenn ich es könnte, denn dann hätte ich die Aufmerksamkeit der Leute in der Kirche nicht mehr nötig. Wisst Ihr, warum ich sie nötig habe?«

Diese Frage machte mich unbeholfen. Sicherlich, ich wusste es nicht und ich glaube, ich wollte es auch nicht wissen. Ich hatte ja auch nicht hierher kommen wollen, sagte ich mir damals, aber der Mensch hatte mich gezwungen, ihm zuzuhören. So brauchte ich ja jetzt bloß meinen Kopf zu schütteln, um ihm zu zeigen, dass ich es nicht wusste, aber ich konnte meinen Kopf in keine Bewegung bringen.

Der Mensch, welcher mir gegenüber stand, lächelte. Dann duckte er sich auf seine Knie nieder und erzählte mit schläfriger Grimasse: »Es hat niemals eine Zeit gegeben, in der ich durch mich selbst von meinem Leben überzeugt war. Ich erfasse nämlich die Dinge um mich nur in so hinfälligen Vorstellungen, dass ich immer glaube, die Dinge hätten einmal gelebt, jetzt aber seien sie versinkend. Immer, lieber Herr, habe ich eine Lust, die Dinge so zu sehen, wie sie sich geben mögen, ehe sie sich mir zeigen. Sie sind da wohl schön und ruhig. Es muss so sein, denn ich höre oft Leute in dieser Weise von ihnen reden.«

Da ich schwieg und nur durch unwillkürliche Zuckungen in meinem Gesichte zeigte, wie unbehaglich mir war, fragte er: »Sie glauben nicht daran, dass die Leute so reden?«

Ich glaubte, nicken zu müssen, konnte es aber nicht.

»Wirklich, Sie glauben nicht daran? Ach hören Sie doch; als ich als Kind nach einem kurzen Mittagsschlaf die Augen öffnete, hörte ich noch ganz im Schlaf befangen meine Mutter in natürlichem Ton vom Balkon hinunterfragen: ›Was machen Sie meine Liebe. Es ist so heiß.‹ Eine Frau antwortete aus dem Garten: ›Ich jause im Grünen.‹ Sie sagten es ohne Nachdenken und nicht allzu deutlich, als müsste es jeder erwartet haben.«

Ich glaubte, ich sei gefragt, daher griff ich in die hintere Hosentasche und tat, als suchte ich dort etwas. Aber ich suchte nichts, sondern ich wollte nur meinen Anblick verändern, um meine Teilnahme am Gespräch zu zeigen. Dabei sagte ich, dass dieser Vorfall so merkwürdig sei und dass ich ihn keineswegs begreife. Ich fügte auch hinzu, dass ich an dessen Wahrheit nicht glaube und dass er zu einem bestimmten Zweck, den ich gerade nicht einsehe, erfunden sein müsse. Dann schloss ich die Augen, denn sie schmerzten mich.

»Oh, das ist doch gut, dass Ihr meiner Meinung seid und es war uneigennützig, dass Ihr mich angehalten habt, um mir das zu sagen.«

Nicht wahr, warum sollte ich mich schämen — oder warum sollten wir uns schämen —, dass ich nicht aufrecht und schwer gehe, nicht mit dem Stock auf das Pflaster schlage und nicht die Kleider der Leute streife, welche laut vorübergehen. Sollte ich nicht vielmehr mit Recht trotzig klagen dürfen, dass ich als Schatten mit eckigen Schultern die Häuser entlang hüpfe, manchmal in den Scheiben der Auslagsfenster verschwindend.

Was sind das für Tage, die ich verbringe! Warum ist alles so schlecht gebaut, dass bisweilen hohe Häuser einstürzen, ohne dass man einen äußeren Grund finden könnte. Ich klettere dann über die Schutthaufen und frage jeden, dem ich begegne: ›Wie konnte das nur geschehn! In unserer Stadt — ein neues Haus — das ist heute schon das fünfte — bedenken Sie doch.‹ Da kann mir keiner antworten.

Oft fallen Menschen auf der Gasse und bleiben tot liegen. Da öffnen alle Geschäftsleute ihre mit Waren verhangenen Türen, kommen gelenkig herbei, schaffen den Toten in ein Haus, kommen dann, Lächeln um Mund und Augen, heraus und reden: ›Guten Tag — der Himmel ist blass — ich verkaufe viele Kopftücher — ja, der Krieg.‹ Ich hüpfe ins Haus und nachdem ich mehrere Male die Hand mit dem gebogenen Finger furchtsam gehoben habe, klopfe ich endlich an dem Fensterchen des Hausmeisters. »Lieber Mann‹, sage ich freundlich, ›es wurde ein toter Mensch zu Ihnen gebracht. Zeigen Sie mir ihn, ich bitte Sie.‹ Und als er den Kopf schüttelt, als wäre er unentschlossen, sage ich bestimmt: ›Lieber Mann. Ich bin Geheimpolizist. Zeigen Sie mir gleich den Toten‹. ›Einen Toten‹, fragt er jetzt und ist fast beleidigt. ›Nein, wir haben keinen Toten hier. Es ist ein anständiges Haus.‹ Ich grüße und gehe.

Dann aber, wenn ich einen großen Platz zu durchqueren habe, vergesse ich alles. Die Schwierigkeit dieses Unternehmens verwirrt mich und ich denke oft bei mir: »Wenn man so große Plätze nur aus Übermut baut, warum baut man nicht auch ein Steingeländer, das durch den Platz führen könnte. Heute bläst ein Südwestwind. Die Luft auf dem Platz ist aufgeregt. Die Spitze des Rathausturmes beschreibt kleine Kreise. Warum macht man nicht Ruhe in dem Gedränge? Alle Fensterscheiben lärmen und die Laternenpfähle biegen sich wie Bambus. Der Mantel der heiligen Maria auf der Säule windet sich und die stürmische Luft reißt an ihm. Sieht es denn niemand? Die Herren und Damen, die auf den Steinen gehen sollten, schweben. Wenn der Wind Atem holt, bleiben sie stehen, sagen einige Worte zueinander und verneigen sich grüßend, stößt aber der Wind wieder, können sie ihm nicht widerstehn und alle heben gleichzeitig ihre Füße. Zwar müssen sie fest ihre Hüte halten, aber ihre Augen schauen lustig, als wäre milde Witterung. Nur ich fürchte mich.« —

Misshandelt, wie ich war, sagte ich: »Die Geschichte, die Sie früher erzählt haben von Ihrer Frau Mutter und der Frau im Garten finde ich gar nicht merkwürdig. Nicht nur, dass ich viele derartige Geschichten gehört und erlebt habe, so habe ich sogar bei manchen mitgewirkt. Diese Sache ist doch ganz natürlich. Meinen

Sie, ich hätte, wenn ich am Balkon gewesen wäre, nicht dasselbe sagen können und aus dem Garten dasselbe antworten können? Ein so einfacher Vorfall.«

Als ich das gesagt hatte, schien er sehr beglückt. Er sagte, dass ich hübsch gekleidet sei, und dass ihm meine Halsbinde sehr gefalle. Und was für eine feine Haut ich hätte. Und Geständnisse würden am klarsten, wenn man sie widerriefe.

»Alles, was sich nicht auf Literatur bezieht,
hasse ich.«

Tagebucheintrag

Das Gassenfenster

Wer verlassen lebt und sich doch hie und da irgendwo anschließen möchte, wer mit Rücksicht auf die Veränderungen der Tageszeit, der Witterung, der Berufsverhältnisse und dergleichen ohne weiteres irgendeinen beliebigen Arm sehen will, an dem er sich halten könnte, — der wird es ohne ein Gassenfenster nicht lange treiben. Und steht es mit ihm so, dass er gar nichts sucht und nur als müder Mann, die Augen auf und ab zwischen Publikum und Himmel, an seine Fensterbrüstung tritt, und er will nicht und hat ein wenig den Kopf zurückgeneigt, so reißen ihn doch unten die Pferde mit in ihr Gefolge von Wagen und Lärm und damit endlich der menschlichen Eintracht zu.

»Nur in den Träumen kann ich triumphieren.«

Quelle unbekannt

Der Gruftwächter

Drama

Kleines Arbeitszimmer, hohes Fenster, davor ein kahler Baumwipfel. Fürst (am Schreibtisch, im Stuhl zurückgelehnt, aus dem Fenster blickend), Kammerherr (weißer Vollbart, jugendlich in ein enges Jackett gezwängt, an der Wand neben der Mitteltür).

Pause.

Fürst (sich vom Fenster abwendend): Nun?

Kammerherr: Ich kann es nicht empfehlen, Hoheit.

Fürst: Warum?

Kammerherr: Ich kann im Augenblick meine Bedenken nicht genau formulieren. Es ist bei weitem nicht alles, was ich sagen will, wenn ich jetzt nur den allgemein menschlichen Spruch anführe: Man soll die Toten ruhen lassen.

Fürst: Das ist auch meine Ansicht.

Kammerherr: Dann habe ich es nicht richtig verstanden.

Fürst: So scheint es.

Pause.

Fürst: Das Einzige, was Sie in der Sache beirrt, ist vielleicht nur die Sonderbarkeit, dass ich die Anordnung nicht ohne weiters getroffen, sondern vorher Ihnen angekündigt habe.

Kammerherr: Die Ankündigung legt mir allerdings eine größere Verantwortung auf, der zu entsprechen ich mich bemühen muss.

Fürst: Nichts von Verantwortung!

Pause.

Fürst: Also nochmals. Bisher wurde die Gruft im Friedrichspark von einem Wächter bewacht, der am Eingang des Parkes ein Häuschen hat, in dem er wohnt. War an diesem Ganzen etwas auszusetzen?

Kammerherr: gewiss nicht. Die Gruft ist über vierhundert Jahre alt und so lange wird sie auch in dieser Weise bewacht.

Fürst: Es könnte ein Missbrauch sein. Es ist aber kein Missbrauch?

Kammerherr: Es ist eine notwendige Einrichtung.

Fürst: Also eine notwendige Einrichtung. Nun bin ich so lange hier auf dem Landschloss, bekomme Einblick in Einzelheiten, die bisher Fremden anvertraut waren – sie bewähren sich schlecht und recht–, und habe gefunden: Der Wächter oben im Park genügt nicht, es muss vielmehr auch ein Wächter unten in der Gruft wachen. Es wird vielleicht kein angenehmes Amt sein. Aber erfahrungsgemäß finden sich für jeden Posten bereitwillige und geeignete Leute.

Kammerherr: Natürlich wird alles, was Hoheit anordnen, ausgeführt werden, auch wenn die Notwendigkeit der Anordnung nicht begriffen wird.

Fürst (*auffahrend*): Notwendigkeit! Ist denn die Wache am Parktor notwendig? Der Friedrichspark ist ein Teil des Schlossparkes, ist von ihm ganz umfasst, der Schlosspark selbst ist reichlich, sogar militärisch bewacht. Wozu also die besondere Bewachung des Friedrichsparks? Ist sie nicht eine bloße Formalität? Ein freundliches Sterbelager für den armseligen Greis, der dort die Wache besorgt?

Kammerherr: Es ist eine Formalität, aber eine notwendige. Bezeugung der Ehrfurcht vor den großen Toten.

Fürst: Und eine Wache in der Gruft selbst?

Kammerherr: Sie hätte meiner Meinung nach einen polizeilichen Nebensinn, sie wäre wirkliche Bewachung unwirklicher, dem Menschlichen entrückter Dinge.

Fürst: Diese Gruft ist in meiner Familie die Grenze zwischen dem Menschlichen und dem Anderen, und an diese Grenze will ich eine Wache stellen. Über die, wie Sie sich ausdrücken, polizeiliche Notwendigkeit dessen, können wir den Wächter selbst verhören. Ich habe ihn kommen lassen. (*Läutet.*)

Kammerherr: Es ist, wenn ich mir die Bemerkung erlauben darf, ein verwirrter Greis, schon außer Rand und Band.

Fürst: Ist es so, dann wäre dies nur ein weiterer Beweis für die Notwendigkeit einer Verstärkung der Wache in meinem Sinn.

Diener.

Fürst: Der Gruftwächter!

Der Diener führt den Wächter herein, hält ihn unter dem Arm fest, sonst würde er zusammenstürzen. Alte, rote, weit ihn umschlotternde Festlivree, blankgeputzte Silberknöpfe, verschiedene Ehrenzeichen. Kappe in der Hand. Unter den Blicken der Herren zittert er.

Fürst: Auf das Ruhebett!

Diener legt ihn hin und geht. Pause. Nur leises Röcheln des Wächters.

Fürst (*wieder im Lehnstuhl*): Hörst du?

Wächter bemüht sich zu antworten, kann aber nicht, ist zu erschöpft, sinkt wieder zurück.

Fürst: Suche dich zu fassen. Wir warten.

Kammerherr (*zum Fürsten gebeugt*): Worüber könnte dieser Mann Auskunft geben, und gar glaubwürdige oder wichtige Auskunft. Man sollte ihn eiligst ins Bett bringen.

Wächter: Nicht ins Bett – bin noch kräftig – verhältnismäßig – stelle noch meinen Mann.

Fürst: Es sollte so sein. Du bist ja erst sechzig Jahre alt. Allerdings siehst du sehr schwach aus.

Wächter: Werde mich gleich erholt haben – gleich erholt.

Fürst: Es war kein Vorwurf. Ich bedauere nur, dass es dir so schlecht geht. Hast du über etwas zu klagen?

Wächter: Schwerer Dienst – schwerer Dienst – klage nicht – aber entkräftet sehr – Ringkämpfe jede Nacht.

Fürst: Was sagst du?

Wächter: Schwerer Dienst.

Fürst: Du sagtest noch etwas.

Wächter: Ringkämpfe.

Fürst: Ringkämpfe? Was für Ringkämpfe denn?

Wächter: Mit den seligen Vorfahren.

Fürst: Das verstehe ich nicht. Hast du schwere Träume?

Wächter: Keine Träume – schlafe ja keine Nacht.

Fürst: Dann erzähle also von diesen – diesen Ringkämpfen.

Wächter (*schweigt*)

Fürst (*zum Kammerherrn*): Warum schweigt er?

Kammerherr (*eilt zum Wächter*): Es kann ja jeden Augenblick mit ihm zu Ende sein.

Fürst (*steht beim Tisch*)

Wächter (*als ihn der Kammerherr berührt*): Weg, weg weg! (*Kämpft mit den Fingern des Kammerherrn, wirft sich dann weinend hin.*)

Fürst: Wir quälen ihn.

Kammerherr: Womit?

Fürst: Ich weiß nicht.

Kammerherr: Der Weg ins Schloss, die Vorführung, der Anblick Eurer Hoheit, die Fragestellung – dem allen hat er nicht mehr genug Verstand entgegen zu setzen.

Fürst (*sieht immerfort nach dem Wächter hin*): Das ist es nicht. (*Geht zum Ruhebett, beugt sich zum Wächter, nimmt dessen kleinen Schädel zwischen die Hände.*) Musst nicht weinen. Warum weinst du denn? Wir sind dir wohlgesinnt. Ich selbst halte dein Amt nicht für leicht. gewiss hast du dir Verdienste um mein Haus erworben. Also weine nicht mehr und erzähle.

Wächter: Wenn ich mich aber vor dem Herrn dort so fürchte – (*sieht den Kammerherrn drohend, nicht furchtsam an.*)

59

Fürst (*zum Kammerherrn*): Sie müssen fortgehn, wenn er erzählen soll.

Kammerherr: Sehen Sie doch, Hoheit, er hat Schaum vor dem Mund, ist schwerkrank.

Fürst (*zerstreut*): Ja, gehen Sie, es dauert nicht lange.

Kammerherr geht.

Fürst (*setzt sich auf den Rand des Ruhebettes*).

Pause.

Fürst: Warum hast du dich vor ihm gefürchtet?

Wächter (*auffallend gesammelt*): Ich habe mich nicht gefürchtet. Vor einem Diener mich fürchten?

Fürst: Er ist kein Diener. Er ist ein Graf, frei und reich.

Wächter: Doch nur ein Diener, du bist der Herr.

Fürst: Wenn du es so willst. Du selbst sagtest aber, dass du dich fürchtest.

Wächter: Ich habe Dinge vor ihm zu erzählen, die nur du erfahren sollst. Habe ich nicht schon zu viel vor ihm gesagt?

Fürst: Wir sind also Vertraute und ich habe dich doch heute zum ersten Mal gesehn.

Wächter: Gesehn zum ersten Mal, aber seit jeher weißt du, dass ich das (*gehobener Zeigefinger*) wichtigste Hofamt habe. Du hast es ja auch öffentlich anerkannt, indem du mir die Medaille »Feuerrot« verliehen hast. Hier! (*Hebt die Medaille vom Rock.*)

Fürst: Nein, das ist eine Medaille für fünfundzwanzigjährige Hofdienste. Die hat dir noch mein Großvater gegeben. Doch werde auch ich dich auszeichnen.

Wächter: Tue, wie es dir gefällt und der Bedeutung meiner Dienste entspricht. Dreißig Jahre diene ich dir als Gruftwächter.

Fürst: Nicht mir, meine Regierung dauert kaum ein Jahr.

Wächter (*in Gedanken*): Dreißig Jahre.

Pause.

Wächter (*sich halb zu der Bemerkung des Fürsten zurückfindend*): Nächte dauern dort Jahre.

Fürst: Aus deinem Amt kam mir noch kein Bericht. Wie ist der Dienst?

Wächter: Gleichförmig jede Nacht. Jede Nacht nahe bis zum Platzen der Halsadern.

Fürst: Ist es denn nur Nachtdienst? Nachtdienst für dich Alten?

Wächter: Das ist es eben, Hoheit. Es ist Tagdienst. Ein Faulenzerposten. Man sitzt vor der Haustür und hält im Sonnenschein den Mund offen. Manchmal tappt dir der Wächterhund mit den Vorderpfoten aufs Knie und legt sich wieder. Das ist die ganze Abwechslung.

Fürst: Also.

Wächter (*nickend*): Aber er ist in Nachtdienst umgewandelt worden.

Fürst: Von wem denn?

Wächter: Von den Gruftherren.

Fürst: Du kennst sie?

Wächter: Ja.

Fürst: Sie kommen zu dir?

Wächter: Ja.

Fürst: Auch in der letzten Nacht?

Wächter: Auch.

Fürst: Wie war es?

Wächter (*setzt sich aufrecht*): Wie immer.

Fürst (*steht auf*)

Wächter: Wie immer. Bis Mitternacht ist Ruhe. Ich liege – verzeihe mir – im Bett und rauche die Pfeife. Im Bett nebenan schläft mein Tochterkind. Um Mitternacht klopft es das erste Mal ans Fenster. Ich sehe nach der Uhr. Immer pünktlich. Noch zweimal klopft es, es mischt sich mit den Uhrenschlägen vom Turm und ist nicht schwächer. Das sind nicht menschliche Fingerknöchel. Aber ich kenne das alles und rühre mich nicht. Dann räuspert es sich draußen, es wundert sich, dass ich trotz solchen Klopfens das Fenster nicht öffne. Möge sich die fürstliche Hoheit wundern! Noch immer ist der alte Wächter da! (*Zeigt die Faust.*)

Fürst: Du drohst mir?

Wächter (*versteht nicht gleich*): Nicht dir. Dem vor dem Fenster!

Fürst: Wer ist es?

Wächter: Er zeigt sich gleich. Mit einem Schlage öffnen sich Fenster und Fensterladen. Knapp habe ich noch

63

Zeit, meinem Tochterkind die Decke über das Gesicht zu werfen. Sturm bläst herein, verlöscht das Licht im Nu. Herzog Friedrich! Sein Gesicht mit Bart und Haar erfüllt mein armes Fenster ganz und gar. Wie hat er sich entwickelt in den Jahrhunderten. Wenn er den Mund zum Reden öffnet, weht ihm der Wind den alten Bart zwischen die Zähne und er beißt in ihn.

Fürst: Warte, du sagst Herzog Friedrich. Welcher Friedrich?

Wächter: Herzog Friedrich, nur Herzog Friedrich.

Fürst: Er nennt so seinen Namen?

Wächter (*ängstlich*): Nein, er nennt ihn nicht.

Fürst: Und trotzdem weißt du – (*abbrechend*) Erzähle doch weiter!

Wächter: Soll ich weiter erzählen?

Fürst: Natürlich. Das geht mich ja sehr an, es ist hier ein Fehler in der Arbeitsverteilung. Du warst überlastet.

Wächter (*niederkniend*): Nicht mir meinen Posten nehmen, Hoheit. Wenn ich so lange für dich gelebt habe, laß mich jetzt auch für dich sterben! Lass nicht vor mir das Grab vermauern, zu dem ich strebe. Ich diene gern und habe noch Fähigkeit zu dienen. Eine

Audienz wie die heutige, ein Ausruhn beim Herrn, gibt mir Kraft für zehn Jahre.

Fürst (*setzt ihn wieder auf das Ruhebett*): Niemand nimmt dir deinen Posten. Wie könnte ich dort deine Erfahrung entbehren! Ich werde aber noch einen Wächter bestimmen und du wirst Oberwächter werden.

Wächter: Genüge ich nicht? Habe ich jemals einen durchgelassen?

Fürst: In den Friedrichspark?

Wächter: Nein, aus dem Park. Wer will denn hinein? Bleibt einmal einer vor dem Gitter stehen, winke ich mit der Hand aus dem Fenster und er läuft davon. Aber hinaus, hinaus wollen alle. Nach Mitternacht kannst du alle Grabesstimmen um mein Haus versammelt sehn. Ich glaube, nur weil sie sich so aneinanderdrängen, fahren sie nicht sämtlich mit allem, was sie sind, mir durch das enge Fensterloch herein. Wird es allerdings zu arg, hole ich die Laterne unter dem Bett heraus, schwenke sie hoch und sie reißen sich, unverständliche Wesen, mit Lachen und Jammern auseinander; noch im letzten Busch am Ende des Parkes höre ich sie dann rauschen. Aber bald sammeln sie sich wieder.

Fürst: Und sie sagen ihre Bitte?

65

Wächter: Zuerst befehlen sie. Herzog Friedrich vor allen. So zuversichtlich sind keine Lebendigen. Seit dreißig Jahren, jede Nacht erwartet er, mich diesmal mürbe zu finden.

Fürst: Wenn er seit dreißig Jahren kommt, kann es nicht Herzog Friedrich sein, der erst vor fünfzehn Jahren gestorben ist. Er ist aber der einzige dieses Namens in der Gruft.

Wächter (*zu sehr von dem Erzählten erfasst*): Das weiß ich nicht, Hoheit, ich habe nicht studiert. Ich weiß nur, wie er beginnt. »Alter Hund«, beginnt er beim Fenster, »die Herren klopfen und du bleibst in deinem Schmutzbett.« Gegen Betten haben sie nämlich immer Zorn. Und nun sprechen wir jede Nacht fast dasselbe. Er draußen, ich ihm gegenüber mit dem Rücken an der Tür. Ich sage: »Ich habe nur Tagdienst.« Der Herr wendet sich und ruft in den Park: »Er hat nur Tagdienst.« Daraufhin gibt es ein allgemeines Lachen des versammelten Adels. Dann sagt der Herzog wieder zu mir: »Es ist doch Tag.« Ich darauf kurz: »Sie irren.« Der Herzog: »Tag oder Nacht, öffne das Tor.« Ich: »Das ist gegen meine Dienstordnung.« Und ich zeige mit dem Pfeifenstock auf ein Blatt an der Wand. Der Herzog: »Du bist doch unser Wächter.« Ich: »Euer Wächter, aber von dem regierenden Fürsten angestellt.« Er: »Unser Wächter, das ist die Hauptsache. Also öffne, und zwar sofort.« Ich: »Nein.« Er: »Narr, du verlierst deinen Posten. Herzog Leo hat uns für heute eingeladen.«

Fürst (*schnell*): Ich?

Wächter: Du.

Pause.

Wächter: Wenn ich deinen Namen höre, verliere ich meine Festigkeit. Deshalb habe ich mich gleich aus Vorsicht an die Tür gelehnt, die mich jetzt fast allein aufrecht hält. Draußen singen alle deinen Namen. »Wo ist die Einladung?« frage ich schwach. »Bettvieh«, schreit er, »du zweifelst an meinem herzoglichen Wort?« Ich sage: »Ich habe keine Weisung und deshalb öffne ich nicht, öffne ich nicht, öffne ich nicht.« »Er öffnet nicht«, ruft der Herzog draußen, »also vorwärts, alle, die ganze Dynastie, gegen das Tor, wir öffnen selbst.« Und im Augenblick ist es vor meinem Fenster leer.

Pause.

Fürst: Das ist alles?

Wächter: Wie denn? Jetzt erst kommt mein eigentlicher Dienst. Hinaus aus der Tür, herum um das Haus, und schon pralle ich mit dem Herzog zusammen und schon schaukeln wir im Kampf. Er so groß, ich so klein, er so breit, ich so schmal, ich kämpfe nur mit seinen Füßen, aber manchmal hebt er mich und dann kämpfe ich auch oben. Um uns sind alle seine Genossen im Kreis und verlachen mich. Einer, zum Beispiel, schneidet hinten meine Hose auf und nun spielen alle mit meinem Hemdzipfel, während ich kämpfe. Unbegreiflich, warum sie lachen, da ich doch bisher immer gewonnen habe.

Fürst: Wie ist es aber möglich, dass du gewinnst? Hast du Waffen?

Wächter: Nur in den ersten Jahren nahm ich Waffen mit. Was könnten sie mir ihm gegenüber helfen, sie beschwerten mich nur. Wir kämpfen nur mit den Fäusten, oder eigentlich nur mit der Atemkraft. Und immer bist du in meinen Gedanken.

Pause.

Wächter: Aber niemals zweifle ich an meinem Sieg. Nur manchmal fürchte ich, dass der Herzog mich zwischen seinen Fingern verlieren könnte und er nicht mehr wissen wird, dass er kämpft.

Fürst: Und wann hast du gesiegt?

Wächter: Wenn es Morgen wird. Dann wirft er mich hin und speit mir nach, das ist sein Bekenntnis der

Niederlage. Ich aber muss noch eine Stunde liegen, ehe ich den richtigen Atem erschnappe.

Pause.

Fürst (*steht auf*): Aber sag, weißt du nicht, was sie alle eigentlich wollen?

Wächter: Aus dem Park hinaus.

Fürst: Warum aber?

Wächter: Das weiß ich nicht.

Fürst: Hast du sie nicht gefragt?

Wächter: Nein.

Fürst: Warum?

Wächter: Ich habe Scheu davor. Wenn du es aber willst, werde ich sie heute fragen.

Fürst (*erschrickt, laut*): Heute!

Wächter (*sachverständig*): Ja, heute.

Fürst: Und du ahnst auch nicht, was sie wollen?

Wächter (*nachdenklich*): Nein.

69

Pause.

Wächter: Manchmal, vielleicht sollte ich das noch sagen, kommt früh, während ich so ohne Atem liege, ich bin dann auch zu schwach, um die Augen zu öffnen, ein zartes, feucht und haarig anzufühlendes Wesen zu mir, eine Nachzüglerin, Komtessa Isabella. Sie betastet mich an vielen Stellen, greift in den Bart, fährt in ihrer Gänze mir am Hals unterm Kinn vorbei und pflegt zu sagen: »Die andern nicht, aber mich, aber mich lass hinaus.« Ich schüttle den Kopf so viel ich kann. »Zum Fürsten Leo, um ihm die Hand zu reichen.« Ich höre nicht auf, den Kopf zu schütteln. »Aber mich, aber mich«, höre ich noch, dann ist sie weg. Und mein Tochterkind kommt mit Decken, wickelt mich ein und wartet bei mir, bis ich selbst gehen kann. Ein außerordentlich gutes Mädchen.

Fürst: Ein unbekannter Name, Isabella.

Pause.

Fürst: Die Hand mir zu reichen. (*Stellt sich zum Fenster, blickt hinaus.*)

Diener durch Mitteltür.

Diener: Ihre Hoheit, die gnädige Frau Fürstin lassen bitten.

Fürst (*sieht zerstreut den Diener an – zum Wächter*): Warte, bis ich komme.

Links ab.

Sofort durch Mitteltür Kammerherr, dann durch Tür rechts Obersthofmeister (jüngerer Mann, Offiziersuniform).

Wächter (*duckt sich wie vor Gespenstern hinter das Ruhebett und fuchtelt mit den Händen*)

Oberhofmeister: Der Fürst ist weg?

Kammerherr: Ihrem Rat gemäß hat ihn die Frau Fürstin jetzt rufen lassen.

Oberhofmeister: Gut. (*Wendet sich plötzlich, beugt sich hinter das Ruhebett.*) Und du, elendes Gespenst, wagst dich wahrhaftig hierher ins fürstliche Schloss. Fürchtest dich nicht vor dem gewaltigen Fußtritt, der dich aus dem Tor hinausbefördern wird?

Wächter: Ich bin, ich bin –

Oberhofmeister: Still, zunächst einmal still, ganz still – und hierher in den Winkel gesetzt! (*Zum Kammerherrn:*) Ich danke Ihnen für die Benachrichtigung von der neuen fürstlichen Laune.

Kammerherr: Sie ließen mich fragen.

Oberhofmeister: Immerhin. Und nun ein vertrauliches Wort. Absichtlich vor dem Ding dort. Sie, Herr Graf, kokettieren mit der Gegenpartei.

Kammerherr: Ist das eine Beschuldigung?

Oberhofmeister: Vorläufig eine Befürchtung.

Kammerherr: Dann kann ich antworten. Ich kokettiere nicht mit der Gegenpartei, denn ich erkenne sie nicht. Ich fühle die Strömungen, aber ich tauche mich nicht ein. Ich komme noch von der offenen Politik her, die unter Herzog Friedrich galt. Damals war im Hofdienst die einzige Politik, dem Fürsten zu dienen. Da er Junggeselle war, war dies erleichtert, aber es sollte niemals schwer sein.

Oberhofmeister: Sehr vernünftig. Nur zeigt die eigene Nase – und sei sie noch so treu – niemals dauernd den richtigen Weg, den zeigt nur der Verstand. Dieser aber muss sich entscheiden. Gesetzt den Fall, der Fürst sei auf Abwegen: dient man ihm, indem man ihn hinunterbegleitet, oder indem man ihn – in aller Ergebenheit – zurückjagt? Ohne Zweifel, indem man ihn zurückjagt.

Kammerherr: Sie kamen mit der Fürstin von einem

fremden Hof, sind ein halbes Jahr hier und wollen in den komplizierten Hofverhältnissen gleich den Schnitt auf Gut und Böse hin führen?

Oberhofmeister: Wer blinzelt, sieht nur Komplikationen. Wer die Augen offen hält, sieht in der ersten Stunde wie nach hundert Jahren das ewig Klare. Hier allerdings das traurig Klare, das sich aber schon in diesen Tagen einer hoffentlich guten Entscheidung nähert.

Kammerherr: Ich kann nicht glauben, dass die Entscheidung, die Sie herbeiführen wollen und von der ich nur die Ankündigung kenne, eine gute sein wird. Ich fürchte, Sie missverstehen unseren Fürsten, den Hof und alles hier.

Oberhofmeister: Ob verstanden oder missverstanden, der gegenwärtige Zustand ist unerträglich.

Kammerherr: Er mag unerträglich sein, aber er kommt aus dem Wesen der Dinge hier und wir würden ihn bis zum Ende tragen.

Oberhofmeister: Aber die Fürstin nicht, ich nicht, die zu uns halten, nicht.

Kammerherr: Worin sehen Sie denn das Unerträgliche?

Oberhofmeister: Gerade angesichts der Entscheidung will ich offen reden. Der Fürst hat eine Doppelgestalt.

Die eine beschäftigt sich mit der Regierung und schwankt geistesabwesend vor dem Volk, missachtet die eigenen Rechte. Die andere sucht zugegebenermaßen sehr präzis nach Verstärkung ihres Fundaments. Sucht sie in der Vergangenheit und dort immerfort tiefer. Was für eine Verkennung der Sachlage! Eine Verkennung, die nicht ohne Größe ist, nur aber in ihrer Fehlerhaftigkeit noch größer als im Anblick. Kann Ihnen denn das entgehen?

Kammerherr: Nicht gegen die Beschreibung, nur gegen die Beurteilung wende ich mich.

Oberhofmeister: Gegen die Beurteilung? Ich aber habe in der Hoffnung auf Ihre Zustimmung noch milder geurteilt, als es wirklich in meinem Sinn liegt. Ich halte das Urteil noch immer zurück, um Sie zu schonen. Nur dieses: Der Fürst bedarf in Wirklichkeit keiner Verstärkung seines Fundaments. Er gebrauche alle seine gegenwärtigen Machtmittel und er wird finden, dass sie genügen, um alles zu schaffen, was die höchstgespannte Verantwortung vor Gott und den Menschen von ihm fordern kann. Er scheut aber das Gleichgewicht des Lebens, er ist auf dem Wege zum Tyrannen.

Kammerherr: Und sein bescheidenes Wesen!

Oberhofmeister: Bescheidenheit der einen Gestalt, weil er alle Kräfte für die zweite braucht, welche das Fundament zusammenscharrt, das etwa für den Babylonischen Turm ausreichen soll. Diese Arbeit ist zu hindern, das sollte die einzige Politik jener sein, denen an ihrem persönlichen Bestand, am Fürstentum, an der Fürstin und vielleicht sogar am Fürsten selbst gelegen ist.

Kammerherr: »Vielleicht sogar« – Sie sind sehr offenherzig. Ihre Offenherzigkeit macht mich, um die Wahrheit zu sagen, vor der angekündigten Entscheidung zittern. Und ich bedaure es, wie ich es in letzter Zeit immer mehr bedauert habe, dem Fürsten bis zur eigenen Wehrlosigkeit treu zu sein.

Oberhofmeister: Alles ist klargestellt. Sie kokettieren nicht mit der Gegenpartei, sondern halten sogar eine Hand hin. Nur eine, das ist anerkennenswert für einen alten Hofbeamten. Doch bleibt Ihre einzige Hoffnung, dass unser großes Beispiel Sie mitreißt.

Kammerherr: Was ich dagegen tun kann, werde ich tun.

Oberhofmeister: Es ängstigt mich nicht mehr (*auf den Wächter zeigend*). Und du, der du so schön still sitzen kannst, hast du alles verstanden, was jetzt gesprochen wurde?

Kammerherr: Der Gruftwächter?

Oberhofmeister: Der Gruftwächter. Man muss wahrscheinlich aus der Fremde kommen, um ihn zu erkennen. Nicht wahr, mein Junge, altes Käuzchen du. Haben Sie ihn schon einmal am Abend durch den Forst fliegen sehn, von keinem Kunstschützen zu treffen. Aber bei Tage duckt er sich auf einen Wink.

Kammerherr: Ich verstehe nicht.

Wächter (*fast weinend*): Ihr zankt mit mir, Herr, und ich weiß nicht warum. Lasst mich, bitte, nach Hause gehn. Ich bin doch nichts Schlechtes, sondern der Gruftwächter.

Kammerherr: Sie misstrauen ihm.

Oberhofmeister: Misstrauen? Nein, dazu ist er zu geringfügig. Aber ich will doch meine Hand auf ihn legen. Ich denke nämlich – nennen Sie es Laune oder Aberglauben – dass er nicht nur ein Werkzeug des Schlechten, sondern ganz ehrenhaft selbstständiger Arbeiter im Schlechten ist.

Kammerherr: Er dient etwa dreißig Jahre ruhig dem Hofe, ohne vielleicht jemals im Schlosse gewesen zu sein.

Oberhofmeister: Ach, solche Maulwürfe bauen lange Gänge, ehe sie hervorkommen. (*Plötzlich zum Wächter* *gewendet:*) Zunächst weg mit diesem! (*Zum Diener:*) Du führst ihn in den Friedrichspark, bleibst bei ihm und lässt ihn nicht mehr hinaus, bis auf weiteren Befehl.

Wächter (*in großer Angst*): Ich soll auf Seine Hoheit den Fürsten warten.

Oberhofmeister: Ein Irrtum. – Pack dich.

Kammerherr: Er muss schonend behandelt werden. Es ist ein alter kranker Mann und dem Fürsten ist irgendwie an ihm gelegen.

Wächter (*verbeugt sich tief vor dem Kammerherrn*)

Oberhofmeister: Wie? (*Zum Diener:*) Behandle ihn schonend, aber schaff ihn schon endlich hinaus! Flink!

Diener (*will zugreifen*)

Kammerherr (*tritt dazwischen*): Nein, es muss ein Wagen geholt werden.

Oberhofmeister: Das ist die Hofluft. Ich kann kein Korn Salz herausschmecken. Also einen Wagen. Du überführst die Kostbarkeit in einem Wagen. Aber nun endlich aus dem Zimmer mit euch beiden. (*Zum Kammerherrn:*) Ihr Verhalten sagt mir –

77

Wächter (*fällt auf dem Weg zur Tür mit einem kleinen Schrei nieder.*)

Oberhofmeister (*stampft auf*): Ist es unmöglich, ihn loszuwerden. So nimm ihn doch auf den Arm, wenn es nicht anders geht. Begreife doch endlich, was man von dir will.

Kammerherr: Der Fürst!

Diener (*öffnet die Tür links*)

Oberhofmeister: Ah! (*Blick auf den Wächter:*) Ich hätte es wissen sollen, Gespenster sind nicht transportabel.

Fürst (*Mit schnellem Schritt, hinter ihm die Fürstin, dunkle junge Frau, Zähne zusammengebissen, bleibt an der Tür stehen.*)

Fürst: Was ist geschehn?

Oberhofmeister: Dem Wächter wurde übel, ich wollte ihn wegschaffen lassen.

Fürst: Man hätte mich benachrichtigen sollen. Ist der Arzt geholt?

Kammerherr: Ich lasse ihn rufen. (*Eilt durch die Mitteltür hinaus, kommt gleich wieder.*)

Fürst (*während er beim Wächter niederkniet*): Bereitet ein Bett für ihn! Holt eine Bahre! Kommt der Arzt schon? So lange bleibt er aus. Der Puls ist so schwach. Das nicht zu fühlende Herz. Das jämmerliche Rippenwerk. Wie abgebraucht das alles ist. (*Steht plötzlich auf, holt ein Wasserglas, wobei er um sich blickt.*) Man ist so unbeweglich. (*Kniet gleich wieder nieder, befeuchtet des Wächters Gesicht.*) Nun atmet er schon besser. Es wird nicht so schlimm, ein gesunder Stamm, noch im letzten Elend versagt er nicht. Aber der Arzt, der Arzt! Während er zur Tür blickt, hebt der Wächter die Hand und streichelt einmal des Fürsten Wange.

Fürstin (*Wendet den Blick ab, zum Fenster. Diener mit Bahre, Fürst hilft beim Aufladen.*)

Fürst: Fasst ihn sanft an. Ach, mit eueren Tatzen! Den Kopf ein wenig heben. Näher die Bahre. Das Kissen tiefer unter den Rücken. Den Arm! Den Arm! Ihr seid schlechte, schlechte Krankenwärter. Ob ihr einmal auch so müde sein werdet, wie dieser auf der Bahre. – So – und nun allerallerlangsamsten Schritt. Und vor allem gleichmäßig. Ich bleibe hinter euch. (*In der Tür zur Fürstin:*) Das ist also der Gruftwächter.

Fürstin (*nickt*)

Fürst: Ich dachte dir ihn anders zu zeigen. (*Nach einem weiteren Schritt:*) Willst du nicht mitkommen?

Fürstin: Ich bin so müde.

Fürst: Sobald ich mit dem Arzt gesprochen habe, komme ich hinüber. Und Sie, meine Herren, wollen mir berichten, warten Sie auf mich. (*Ab.*)

Oberhofmeister (*zur Fürstin*): Bedürfen Hoheit meiner Dienste?

Fürstin: Immer. Für Ihre Wachsamkeit danke ich Ihnen. Lassen Sie von ihr nicht ab, auch wenn sie heute vergeblich war. Es geht um alles. Sie sehen mehr als ich. Ich bin in meinen Zimmern. Aber ich weiß, es wird trüber und trüber. Es ist diesmal ein über alle Maßen trauriger Herbst.

Gestern kam eine
Ohnmacht zu mir

Gestern kam eine Ohnmacht zu mir. Sie wohnt im Nachbarhaus, ich habe sie dort schon öfters abends im niedrigen Tor gebückt verschwinden sehn. Eine große Dame mit lang fließendem Kleid und breitem, mit Federn geschmücktem Hut. Eiligst kam sie rauschend durch meine Tür, wie ein Arzt, der fürchtet, zu spät zum auslöschenden Kranken gekommen zu sein. »Anton«, rief sie mit hohler und doch sich rühmender Stimme, »ich komme, ich bin da!«

In den Sessel, auf den ich zeigte, ließ sie sich fallen.

»Hoch wohnst du, hoch wohnst du«, sagte sie stöhnend.

Tief in meinem Lehnstuhl nickte ich. Zahllos hüpften vor meinen Augen die Treppenstufen auf, die zu meinen Zimmern führten, eine hinter der andern, unermüdliche kleine Wellen.

»Warum so kalt?«, fragte sie, zog ihre langen alten Fechterhandschuhe aus, warf sie auf den Tisch und sah mich, den Kopf geneigt, augenzwinkernd an.

Mir war, als sei ich ein Spatz, übe auf der Treppe meine Sprünge und sie zerzause mein weiches flockiges graues Gefieder.

»Es tut mir von Herzen leid, dass du dich nach mir verzehrst. Oft schon sah ich aufrichtig traurig in dein abgehärmtes Gesicht, wenn du im Hof standst und zu meinem Fenster aufblicktest. Nun, ich bin dir nicht ungünstig gesinnt und hast du auch mein Herz noch nicht, so kannst du es doch erobern.«

Gestern kam eine Ohnmacht zu mir

Ein Hungerkünstler

In den letzten Jahrzehnten ist das Interesse an Hungerkünstlern sehr zurückgegangen. Während es sich früher gut lohnte, große derartige Vorführungen in eigener Regie zu veranstalten, ist dies heute völlig unmöglich. Es waren andere Zeiten. Damals beschäftigte sich die ganze Stadt mit dem Hungerkünstler; von Hungertag zu Hungertag stieg die Teilnahme; jeder wollte den Hungerkünstler zumindest einmal täglich sehn; an den spätern Tagen gab es Abonnenten, welche tagelang vor dem kleinen Gitterkäfig saßen; auch in der Nacht fanden Besichtigungen statt, zur Erhöhung der Wirkung bei Fackelschein; an schönen Tagen wurde der Käfig ins Freie getragen, und nun waren es besonders die Kinder, denen der Hungerkünstler gezeigt wurde; während er für die Erwachsenen oft nur ein Spaß war, an dem sie der Mode halber teilnahmen, sahen die Kinder staunend, mit offenem Mund, der Sicherheit halber einander bei der Hand haltend, zu, wie er bleich, im schwarzen Trikot, mit mächtig vortretenden Rippen, sogar einen Sessel verschmähend, auf hingestreutem Stroh saß, einmal höflich nickend, angestrengt lächelnd Fragen beantwortete, auch durch das Gitter den Arm streckte, um seine Magerkeit befühlen zu lassen, dann aber wieder ganz in sich selbst versank, um niemanden sich kümmerte, nicht einmal um den für ihn so wichtigen Schlag der Uhr, die das einzige Möbelstück des Käfigs war, sondern nur vor sich hinsah mit fast geschlossenen Augen und hie und da aus einem winzigen Gläschen Wasser nippte, um sich die Lippen zu feuchten.

Außer den wechselnden Zuschauern waren auch ständige, vom Publikum gewählte Wächter da, merkwürdigerweise gewöhnlich Fleischhauer, welche, immer drei gleichzeitig, die Aufgabe hatten, Tag und Nacht den Hungerkünstler zu beobachten, damit er nicht etwa auf irgendeine heimliche Weise doch Nahrung zu sich nehme. Es war das aber lediglich eine Formalität, eingeführt zur Beruhigung der Massen, denn die Eingeweihten wussten wohl, dass der Hungerkünstler während der Hungerzeit niemals, unter keinen Umständen, selbst unter Zwang nicht, auch das Geringste nur gegessen hätte; die Ehre seiner Kunst verbot dies. Freilich, nicht jeder Wächter konnte das begreifen, es fanden sich manchmal nächtliche Wachgruppen, welche die Bewachung sehr lax durchführten, absichtlich in eine ferne Ecke sich zusammensetzten und dort sich ins Kartenspiel vertieften, in der offenbaren Absicht, dem Hungerkünstler eine kleine Erfrischung zu gönnen, die er ihrer Meinung nach aus irgendwelchen geheimen Vorräten hervorholen konnte. Nichts war dem Hungerkünstler quälender als solche Wächter; sie machten ihn trübselig; sie machten ihm das Hungern entsetzlich schwer; manchmal überwand er seine Schwäche und sang während dieser Wachzeit, solange er es nur aushielt, um den Leuten zu zeigen, wie ungerecht sie ihn verdächtigten. Doch half das wenig; sie wunderten sich dann nur über seine Geschicklichkeit, selbst während des Singens zu essen. Viel lieber waren ihm die Wächter, welche sich eng zum Gitter setzten, mit der trüben Nachtbeleuchtung des Saales sich nicht begnügten, sondern ihn mit den elektrischen Taschenlampen bestrahlten, die ihnen der Impresario zur Verfügung stellte. Das grelle Licht störte ihn gar nicht, schlafen konnte er ja überhaupt nicht und ein wenig hindämmern konnte er immer, bei jeder Beleuchtung und zu jeder Stunde, auch im übervollen, lärmenden Saal. Er war sehr gerne bereit, mit solchen Wächtern die Nacht gänzlich ohne Schlaf zu verbringen; er war bereit, mit ihnen zu scherzen, ihnen Geschichten aus seinem Wanderleben zu erzählen, dann wieder ihre Erzählungen anzuhören, alles nur um sie wachzuhalten, um ihnen immer wieder zeigen zu können, dass er nichts Essbares im Käfig hatte und dass er hungerte, wie keiner von ihnen es könnte. Am glücklichsten aber war er, wenn dann der Morgen kam, und ihnen auf seine Rechnung ein überreiches Frühstück gebracht wurde, auf das sie sich warfen mit dem Appetit gesunder Männer nach einer mühevoll durchwachten Nacht. Es gab zwar sogar Leute, die in diesem Frühstück eine ungebührliche Beeinflussung der Wächter sehen wollten, aber das ging doch zu weit, und wenn man sie fragte, ob etwa sie nur um der Sache willen ohne Frühstück die Nachtwache übernehmen wollten, verzogen sie sich, aber bei ihren Verdächtigungen blieben sie dennoch.

Dieses allerdings gehörte schon zu den vom Hungern überhaupt nicht zu trennenden Verdächtigungen. Niemand war ja imstande, alle die Tage und Nächte beim Hungerkünstler ununterbrochen als Wächter zu verbringen, niemand also konnte aus eigener Anschauung wissen, ob wirklich ununterbrochen, fehlerlos gehungert worden war; nur der Hungerkünstler selbst konnte das wissen, nur er also gleichzeitig der von seinem Hungern vollkommen befriedigte Zuschauer sein. Er aber war wieder aus einem andern Grunde niemals befriedigt; vielleicht war er gar nicht vom Hungern so sehr abgemagert, dass manche zu ihrem Bedauern den Vorführungen fern bleiben mussten, weil sie seinen Anblick nicht ertrugen, sondern er war nur so abgemagert aus Unzufriedenheit mit sich selbst. Er allein nämlich wusste, auch kein Eingeweihter sonst wusste das, wie leicht das Hungern war. Es war die leichteste Sache von der Welt. Er verschwieg es auch nicht, aber man glaubte ihm nicht, hielt ihn günstigstenfalls für bescheiden, meist aber für reklamesüchtig oder gar für einen Schwindler, dem das Hungern allerdings leicht war, weil er es sich leicht zu machen verstand, und der auch noch die Stirn hatte, es halb zu gestehn. Das alles musste er hinnehmen, hatte sich auch im Laufe der Jahre daran gewöhnt, aber innerlich nagte diese Unbefriedigtheit immer an ihm, und noch niemals, nach keiner Hungerperiode – dieses Zeugnis musste man ihm ausstellen – hatte er freiwillig den Käfig verlassen. Als Höchstzeit für das Hungern hatte der Impresario vierzig Tage festgesetzt, darüber hinaus ließ er niemals hungern, auch in den Weltstädten nicht, und zwar aus gutem Grund. Vierzig Tage etwa konnte man erfahrungsgemäß durch allmählich sich steigernde Reklame das Interesse einer Stadt immer mehr aufstacheln, dann aber versagte das Publikum, eine wesentliche Abnahme des Zuspruches war festzustellen; es bestanden natürlich in dieser Hinsicht kleine Unterschiede zwischen den Städten und Ländern, als Regel aber galt, dass vierzig Tage die Höchstzeit war. Dann also am vierzigsten Tage wurde die Tür des mit Blumen umkränzten Käfigs geöffnet, eine begeisterte Zuschauerschaft erfüllte das Amphitheater, eine Militärkapelle spielte, zwei Ärzte betraten den Käfig, um die nötigen Messungen am Hungerkünstler vorzunehmen, durch ein Megafon wurden die Resultate dem Saale verkündet, und schließlich kamen zwei junge Damen, glücklich darüber, dass gerade sie ausgelost worden waren, und wollten den Hungerkünstler aus dem Käfig ein paar Stufen hinabführen, wo auf einem kleinen Tischchen eine sorgfältig ausgewählte

Krankenmahlzeit serviert war. Und in diesem Augenblick wehrte sich der Hungerkünstler immer. Zwar legte er noch freiwillig seine Knochenarme in die hilfsbereit ausgestreckten Hände der zu ihm hinabgebeugten Damen, aber aufstehen wollte er nicht. Warum jetzt gerade nach vierzig Tagen aufhören? Er hätte es noch lange, unbeschränkt lange ausgehalten; warum gerade jetzt aufhören, wo er im besten, ja noch nicht einmal im besten Hungern war? Warum wollte man ihn des Ruhmes berauben, weiter zu hungern, nicht nur der größte Hungerkünstler aller Zeiten zu werden, der er ja wahrscheinlich schon war, aber auch noch sich selbst zu übertreffen bis ins Unbegreifliche, denn für seine Fähigkeit zu hungern fühlte er keine Grenzen. Warum hatte diese Menge, die ihn so sehr zu bewundern vorgab, so wenig Geduld mit ihm; wenn er es aushielt, noch weiter zu hungern, warum wollte sie es nicht aushalten? Auch war er müde, saß gut im Stroh und sollte sich nun hoch und lang aufrichten und zu dem Essen gehn, das ihm schon allein in der Vorstellung Übelkeiten verursachte, deren Äußerung er nur mit Rücksicht auf die Damen mühselig unterdrückte. Und er blickte empor in die Augen der scheinbar so freundlichen, in Wirklichkeit so grausamen Damen und schüttelte den auf dem schwachen Halse überschweren Kopf. Aber dann geschah, was immer geschah. Der Impresario kam, hob stumm – die Musik machte das Reden unmöglich – die Arme über dem Hungerkünstler, so, als lade er den Himmel ein, sich sein Werk hier auf dem Stroh einmal anzusehn, diesen bedauernswerten Märtyrer, welcher der Hungerkünstler allerdings war, nur in ganz anderem Sinn; fasste den Hungerkünstler um die dünne Taille, wobei er durch übertriebene Vorsicht glaubhaft machen wollte, mit einem wie gebrechlichen Ding er es hier zu tun habe; und übergab ihn – nicht ohne ihn im geheimen ein wenig zu schütteln, so dass der Hungerkünstler mit den Beinen und dem Oberkörper unbeherrscht hin und her schwankte – den inzwischen totenbleich gewordenen Damen. Nun duldete der Hungerkünstler alles; der Kopf lag auf der Brust, es war, als sei er hingerollt und halte sich dort unerklärlich; der Leib war ausgehöhlt; die Beine drückten sich im Selbsterhaltungstrieb fest in den Knien aneinander, scharrten aber doch den Boden, so als sei es nicht der wirkliche, den wirklichen suchten sie erst; und die ganze, allerdings sehr kleine Last des Körpers lag auf einer der Damen, welche hilfesuchend, mit fliegendem Atem – so hatte sie sich dieses Ehrenamt nicht vorgestellt – zuerst den Hals möglichst streckte, um wenigstens das Gesicht vor der Berührung mit dem Hungerkünstler zu bewahren, dann aber, da ihr dies nicht gelang und ihre glücklichere Gefährtin ihr nicht zu Hilfe kam, sondern sich damit begnügte, zitternd die Hand des Hungerkünstlers, dieses kleine Knochenbündel, vor sich herzutragen, unter dem entzückten Gelächter des Saales in Weinen ausbrach und von einem längst bereitgestellten Diener abgelöst werden musste. Dann kam das Essen, von dem der Impresario dem Hungerkünstler während eines ohnmachtähnlichen Halbschlafes ein wenig einflößte, unter lustigem Plaudern, das die Aufmerksamkeit vom Zustand des Hungerkünstlers ablenken sollte; dann wurde noch ein Trinkspruch auf das Publikum ausgebracht, welcher dem Impresario angeblich vom Hungerkünstler zugeflüstert worden war; das Orchester bekräftigte alles durch einen großen Tusch, man ging auseinander, und niemand hatte das Recht, mit dem Gesehenen unzufrieden zu sein, niemand, nur der Hungerkünstler, immer nur er.

So lebte er mit regelmäßigen kleinen Ruhepausen viele Jahre, in scheinbarem Glanz, von der Welt geehrt, bei alledem aber meist in trüber Laune, die immer noch trüber wurde dadurch, dass niemand sie ernst zu nehmen verstand. Womit sollte man ihn auch trösten? Was blieb ihm zu wünschen übrig? Und wenn sich einmal ein Gutmütiger fand, der ihn bedauerte und ihm erklären wollte, dass seine Traurigkeit wahrscheinlich von dem Hungern käme, konnte es, besonders bei vorgeschrittener Hungerzeit, geschehn, dass der Hungerkünstler mit einem Wutausbruch antwortete und zum Schrecken aller wie ein Tier an dem Gitter zu rütteln begann. Doch hatte für solche Zustände der Impresario ein Strafmittel, das er gern anwandte. Er entschuldigte den Hungerkünstler vor versammeltem Publikum, gab zu, dass nur die durch das Hungern hervorgerufene, für satte

Menschen nicht ohne weiteres begreifliche Reizbarkeit das Benehmen des Hungerkünstlers verzeihlich machen könne; kam dann im Zusammenhang damit auch auf die ebenso zu erklärende Behauptung des Hungerkünstlers zu sprechen, er könnte noch viel länger hungern, als er hungere; lobte das hohe Streben, den guten Willen, die große Selbstverleugnung, die gewiss auch in dieser Behauptung enthalten seien; suchte dann aber die Behauptung einfach genug durch Vorzeigen von Fotografien, die gleichzeitig verkauft wurden, zu widerlegen, denn auf den Bildern sah man den Hungerkünstler an einem vierzigsten Hungertag, im Bett, fast verlöscht vor Entkräftung. Diese dem Hungerkünstler zwar wohlbekannte, immer aber von neuem ihn entnervende Verdrehung der Wahrheit war ihm zu viel. Was die Folge der vorzeitigen Beendigung des Hungerns war, stellte man hier als die Ursache dar! Gegen diesen Unverstand, gegen diese Welt des Unverstandes zu kämpfen, war unmöglich. Noch hatte er immer wieder in gutem Glauben begierig am Gitter dem Impresario zugehört, beim Erscheinen der Fotografien aber ließ er das Gitter jedes Mal los, sank mit Seufzen ins Stroh zurück, und das beruhigte Publikum konnte wieder herankommen und ihn besichtigen.

Wenn die Zeugen solcher Szenen ein paar Jahre später daran zurückdachten, wurden sie sich oft selbst unverständlich. Denn inzwischen war jener erwähnte Umschwung eingetreten; fast plötzlich war das geschehen; es mochte tiefere Gründe haben, aber wem lag daran, sie aufzufinden; jedenfalls sah sich eines Tages der verwöhnte Hungerkünstler von der vergnügungssüchtigen Menge verlassen, die lieber zu anderen Schaustellungen strömte. Noch einmal jagte der Impresario mit ihm durch halb Europa, um zu sehn, ob sich nicht noch hie und da das alte Interesse wiederfände; alles vergeblich; wie in einem geheimen Einverständnis hatte sich überall geradezu eine Abneigung gegen das Schauhungern ausgebildet. Natürlich hatte das in Wirklichkeit nicht plötzlich so kommen können, und man erinnerte sich jetzt nachträglich an manche zu ihrer Zeit im Rausch der Erfolge nicht genügend beachtete, nicht genügend unterdrückte Vorboten, aber jetzt etwas dagegen zu unternehmen, war zu spät. Zwar war es sicher, dass einmal auch für das Hungern wieder die Zeit kommen werde, aber für die Lebenden war das kein Trost. Was sollte nun der Hungerkünstler tun? Der, welchen Tausende umjubelt hatten, konnte sich nicht in Schaubuden auf kleinen Jahrmärkten zeigen, und um einen andern Beruf zu ergreifen, war der Hungerkünstler nicht nur zu alt, sondern vor allem dem Hungern allzu fanatisch ergeben. So verabschiedete er denn den Impresario, den Genossen einer Laufbahn ohnegleichen, und ließ sich von einem großen Zirkus schnell engagieren; um seine Empfindlichkeit zu schonen, sah er die Vertragsbedingungen gar nicht an.

Ein großer Zirkus mit seiner Unzahl von einander immer wieder ausgleichenden und ergänzenden Menschen und Tieren und Apparaten kann jeden und zu jeder Zeit gebrauchen, auch einen Hungerkünstler, bei entsprechend bescheidenen Ansprüchen natürlich, und außerdem war es ja in diesem besonderen Fall nicht nur der Hungerkünstler selbst, der engagiert wurde, sondern auch sein alter berühmter Name, ja man konnte bei der Eigenart dieser im zunehmenden Alter nicht abnehmenden Kunst nicht einmal sagen, dass ein ausgedienter, nicht mehr auf der Höhe seines Könnens stehender Künstler sich in einen ruhigen Zirkusposten flüchten wolle, im Gegenteil, der Hungerkünstler versicherte, dass er, was durchaus glaubwürdig war, eben so gut hungere wie früher, ja er behauptete sogar, er werde, wenn man ihm seinen Willen lasse, und dies versprach man ihm ohne weiteres, eigentlich erst jetzt die Welt in berechtigtes Erstaunen setzen, eine Behauptung allerdings, die mit Rücksicht auf die Zeitstimmung, welche der Hungerkünstler im Eifer leicht vergaß, bei den Fachleuten nur ein Lächeln hervorrief.

Im Grunde aber verlor auch der Hungerkünstler den Blick für die wirklichen Verhältnisse nicht und nahm es als selbstverständlich hin, dass man ihn mit seinem Käfig nicht etwa als Glanznummer mitten in die Manege stellte, sondern draußen an einem im übrigen recht gut zugänglichen Ort in der Nähe der Stallungen unterbrachte. Große, bunt gemalte Aufschriften umrahmten den Käfig und verkündeten, was dort zu sehen war. Wenn das Publikum in den Pausen der Vorstellung zu den Ställen drängte, um die Tiere zu besichtigen, war es fast unvermeidlich, dass es beim Hungerkünstler vorüberkam und ein wenig dort haltmachte, man wäre vielleicht länger bei ihm geblieben, wenn nicht in dem schmalen Gang die Nachdrängenden, welche diesen Aufenthalt auf dem Weg zu den ersehnten Ställen nicht verstanden, eine längere ruhige Betrachtung unmöglich gemacht hätten. Dieses war auch der Grund, warum der Hungerkünstler vor diesen Besuchszeiten, die er als seinen Lebenszweck natürlich herbeiwünschte, doch auch wieder zitterte. In der ersten Zeit hatte er die Vorstellungspausen kaum erwarten können; entzückt hatte er der sich heranwälzenden Menge entgegengesehn, bis er sich nur zu bald – auch die hartnäckigste, fast bewusste Selbsttäuschung hielt den Erfahrungen nicht stand – davon überzeugte, dass es zumeist der Absicht nach, immer wieder, ausnahmslos, lauter Stallbesucher waren. Und dieser Anblick von der Ferne blieb noch immer der schönste. Denn wenn sie bis zu ihm herangekommen waren, umtobte ihn sofort Geschrei und Schimpfen der ununterbrochen neu sich bildenden Parteien, jener, welche – sie wurde dem Hungerkünstler bald die peinlichere – ihn bequem ansehen wollte, nicht etwa aus Verständnis, sondern aus Laune und Trotz, und jener zweiten, die zunächst nur nach den Ställen verlangte. War der große Haufe vorüber, dann kamen die Nachzügler, und diese allerdings, denen es nicht mehr verwehrt war, stehen zu bleiben, solange sie nur Lust hatten, eilten mit langen Schritten, fast ohne Seitenblick, vorüber, um rechtzeitig zu den Tieren zu kommen. Und es war kein allzu häufiger Glücksfall, dass ein Familienvater mit seinen Kindern kam, mit dem Finger auf den Hungerkünstler zeigte, ausführlich erklärte, um was es sich hier handelte, von früheren Jahren erzählte, wo er bei ähnlichen, aber unvergleichlich großartigeren Vorführungen gewesen war, und dann die Kinder, wegen ihrer ungenügenden Vorbereitung von Schule und Leben her, zwar immer noch verständnislos blieben – was war ihnen Hungern? – aber doch in dem Glanz ihrer forschenden Augen etwas von neuen, kommenden, gnädigeren Zeiten verrieten. Vielleicht, so sagte sich der Hungerkünstler dann manchmal, würde alles doch ein wenig besser werden, wenn sein Standort nicht gar so nahe bei den Ställen wäre. Den Leuten wurde dadurch die Wahl zu leicht gemacht, nicht zu reden davon, dass ihn die Ausdünstungen der Ställe, die Unruhe der Tiere in der Nacht, das Vorübertragen der rohen Fleischstücke für die Raubtiere, die Schreie bei der Fütterung sehr verletzten und dauernd bedrückten. Aber bei der Direktion vorstellig zu werden, wagte er nicht; immerhin verdankte er ja den Tieren die Menge der Besucher, unter denen sich hie und da auch ein für ihn Bestimmter finden konnte, und wer wusste, wohin man ihn verstecken würde, wenn er an seine Existenz erinnern wollte und damit auch daran, dass er, genau genommen, nur ein Hindernis auf dem Weg zu den Ställen war.

Ein kleines Hindernis allerdings, ein immer kleiner werdendes Hindernis. Man gewöhnte sich an die Sonderbarkeit, in den heutigen Zeiten Aufmerksamkeit für einen Hungerkünstler beanspruchen zu wollen, und mit dieser Gewöhnung war das Urteil über ihn gesprochen. Er mochte so gut hungern, als er nur konnte, und er tat es, aber nichts konnte ihn mehr retten, man ging an ihm vorüber. Versuche, jemandem die Hungerkunst zu erklären! Wer es nicht fühlt, dem kann man es nicht begreiflich machen. Die schönen Aufschriften wurden schmutzig und unleserlich, man riss sie herunter, niemandem fiel es ein, sie zu ersetzen; das Täfelchen mit der Ziffer der abgeleisteten Hungertage, das in der ersten Zeit sorgfältig täglich erneut worden war, blieb schon längst immer das gleiche, denn nach den ersten Wochen war das Personal selbst dieser kleinen Arbeit überdrüssig geworden; und so hungerte zwar der Hungerkünstler weiter, wie er es früher einmal erträumt hatte, und es gelang ihm ohne Mühe ganz so, wie er es damals vorausgesagt hatte, aber niemand zählte die Tage, niemand, nicht einmal der Hungerkünstler selbst wusste, wie groß die Leistung schon war, und sein Herz wurde schwer. Und wenn einmal in der Zeit ein Müßiggänger stehen blieb, sich über die alte Ziffer lustig machte und von Schwindel sprach, so war das in diesem Sinn die dümmste Lüge, welche Gleichgültigkeit und eingeborene Bösartigkeit erfinden konnte, denn nicht der Hungerkünstler betrog, er arbeitete ehrlich, aber die Welt betrog ihn um seinen Lohn.

Doch vergingen wieder viele Tage, und auch das nahm ein Ende. Einmal fiel einem Aufseher der Käfig auf, und er fragte die Diener, warum man hier diesen gut brauchbaren Käfig mit dem verfaulten Stroh drinnen unbenützt stehen lasse; niemand wusste es, bis sich einer mit Hilfe der Ziffertafel an den Hungerkünstler erinnerte. Man rührte mit Stangen das Stroh auf und fand den Hungerkünstler darin. »Du hungerst noch immer?«, fragte der Aufseher, »wann wirst du denn endlich aufhören?« »Verzeiht mir alle«, flüsterte der Hungerkünstler; nur der Aufseher, der das Ohr ans Gitter hielt, verstand ihn. »Gewiss«, sagte der Aufseher und legte den Finger an die Stirn, um damit den Zustand des Hungerkünstlers dem Personal anzudeuten, »wir verzeihen dir.« »Immerfort wollte ich, dass ihr mein Hungern bewundert«, sagte der Hungerkünstler. »Wir bewundern es auch«, sagte der Aufseher entgegenkommend. »Ihr sollt es aber nicht bewundern«, sagte der Hungerkünstler. »Nun, dann bewundern wir es also nicht«, sagte der Aufseher, »warum sollen wir es denn nicht bewundern?« »Weil ich hungern muss, ich kann nicht anders«, sagte der Hungerkünstler. »Da sieh mal einer«, sagte der Aufseher,

»warum kannst du denn nicht anders?« »Weil ich«, sagte der Hungerkünstler, hob das Köpfchen ein wenig und sprach mit wie zum Kuss gespitzten Lippen gerade in das Ohr des Aufsehers hinein, damit nichts verloren ginge, »weil ich nicht die Speise finden konnte, die mir schmeckt. Hätte ich sie gefunden, glaube mir, ich hätte kein Aufsehen gemacht und mich vollgegessen wie du und alle.« Das waren die letzten Worte, aber noch in seinen gebrochenen Augen war die feste, wenn auch nicht mehr stolze Überzeugung, dass er weiterhungre.

»Nun macht aber Ordnung!«, sagte der Aufseher, und man begrub den Hungerkünstler samt dem Stroh. In den Käfig aber gab man einen jungen Panther. Es war eine selbst dem stumpfsten Sinn fühlbare Erholung, in dem so lange öden Käfig dieses wilde Tier sich herumwerfen zu sehn. Ihm fehlte nichts. Die Nahrung, die ihm schmeckte, brachten ihm ohne langes Nachdenken die Wächter; nicht einmal die Freiheit schien er zu vermissen; dieser edle, mit allem Nötigen bis knapp zum Zerreißen ausgestattete Körper schien auch die Freiheit mit sich herumzutragen; irgendwo im Gebiss schien sie zu stecken; und die Freude am Leben kam mit derart starker Glut aus seinem Rachen, dass es für die Zuschauer nicht leicht war, ihr standzuhalten. Aber sie überwanden sich, umdrängten den Käfig und wollten sich gar nicht fortrühren.

Kühl und hart

Kühl und hart ist der heutige Tag.
Die Wolken erstarren.
Die Winde sind zerrende Taue.
Die Menschen erstarren.
Die Schritte klingen metallen
Auf erzenen Steinen,
Und die Augen schauen
Weite weiße Seen.

In dem alten Städtchen stehn
Kleine helle Weihnachtshäuschen,
Ihre bunte Scheiben sehn
Auf das schneeverwehte Plätzchen.
Auf dem Mondlichtplatze geht
Still ein Mann im Schnee fürbass,
Seinen großen Schatten weht
Der Wind die Häuschen hinauf.

Menschen, die über dunkle Brücken gehn,
vorüber an Heiligen
mit matten Lichtlein.

Wolken, die über grauen Himmel ziehn
vorüber an Kirchen
mit verdämmernden Türmen.
Einer, der an der Quaderbrüstung lehnt

und in das Abendwasser schaut,
die Hände auf alten Steinen.

Kühl und hart

Der Advokat Dr. Bucephalus

Der Advokat Dr. Bucephalus ließ eines Morgens seine Wirtschafterin zu seinem Bett kommen und sagte ihr: »Heute beginnt die große Verhandlung im Prozess meines Bruders Bucephalus gegen die Firma Trollhätta. Ich führe die Klage, und da die Verhandlung zumindest einige Tage dauern wird, und zwar ohne eigentliche Unterbrechung, werde ich in den nächsten Tagen überhaupt nicht nach Hause kommen. Sobald die Verhandlung beendet sein oder Aussicht auf Beendigung vorhanden sein wird, werde ich Ihnen telefonieren. Mehr kann ich jetzt nicht sagen, auch nicht die geringste Frage beantworten, da ich natürlich auf Erhaltung meiner vollen Stimmkraft bedacht sein muss. Deshalb bringen Sie mir auch zum Frühstück zwei rohe Eier und Tee mit Honig.« Und sich langsam in die Polster zurücklehnend, die Hand über den Augen, verstummte er.

Die plappermäulige, aber vor ihrem Herrn in Furcht ersterbende Wirtschafterin war sehr betroffen. So plötzlich kam eine so außerordentliche Anordnung.

Noch abends hatte der Herr mit ihr gesprochen, aber keine Andeutung darüber gemacht, was bevorstand. Die Verhandlung konnte doch nicht in der Nacht angesetzt worden sein. Und gibt es Verhandlungen, die tagelang ununterbrochen dauern? Und warum nannte der Herr die Prozessparteien, was er doch ihr gegenüber sonst niemals tat? Und was für einen ungeheuern Prozess konnte der Bruder des Herrn, der kleine Gemüsehändler Adolf Bucephalus haben, mit dem übrigens der Herr schon seit langem auf keinem guten Fuß zu stehen schien? Und wie passte es zu den unausdenkbaren Anstrengungen, die dem Herrn bevorstanden, dass er jetzt so müde in seinem Bette lag und sein, wenn das Frühlicht nicht täuschte, irgendwie verfallenes Gesicht mit der Hand bedeckte? Und nur Tee und Eier sollten gebracht werden, nicht auch wie sonst ein wenig Wein und Schinken, um die Lebensgeister völlig aufzuwecken? Mit solchen Gedanken kehrte die Wirtschafterin in die Küche zurück, setzte sich nur für ein Weilchen auf ihren Lieblingsplatz beim Fenster, zu den Blumen und dem Kanarienvogel, blickte auf die gegenüberliegende Hofseite, wo hinter einem Fenstergitter zwei Kinder halbnackt im Spiel miteinander kämpften, wandte sich dann seufzend ab, goss den Tee ein, holte zwei Eier aus der Speisekammer, ordnete alles auf einem Tablett, konnte es sich nicht versagen, die Weinflasche als wohltätige Verlockung auch mitzunehmen und ging mit dem allem ins Schlafzimmer.

Es war leer. Wie, der Herr war doch nicht schon weg? In einer Minute konnte er sich doch nicht angezogen haben? Aber die Wäsche und die Kleider waren auch nicht mehr zu sehn. Was hat denn der Herr um Himmels willen? Ins Vorzimmer! Auch Mantel, Hut und Stock sind fort. Zum Fenster! Beim Leibhaftigen, da tritt der Herr aus dem Tor, den Hut im Nacken, den Mantel offen, die Aktenmappe an sich gedrückt, den Stock in eine Manteltasche gehängt.

»Auf jeden Fall gibt es Möglichkeiten für mich,
aber unter welchem Stein sind sie verborgen?«

Quelle unbekannt

Die Verwandlung

I.

Als Gregor Samsa eines Morgens aus unruhigen Träumen erwachte, fand er sich in seinem Bett zu einem ungeheueren Ungeziefer verwandelt. Er lag auf seinem panzerartig harten Rücken und sah, wenn er den Kopf ein wenig hob, seinen gewölbten, braunen, von bogenförmigen Versteifungen geteilten Bauch, auf dessen Höhe sich die Bettdecke, zum gänzlichen Niedergleiten bereit, kaum noch erhalten konnte. Seine vielen, im Vergleich zu seinem sonstigen Umfang kläglich dünnen Beine flimmerten ihm hilflos vor den Augen.

»Was ist mit mir geschehen?«, dachte er. Es war kein Traum, sein Zimmer, ein richtiges, nur etwas zu kleines Menschenzimmer, lag ruhig zwischen den vier wohlbekannten Wänden, über dem Tisch, auf dem eine auseinandergepackte Musterkollektion von Tuchwaren ausgebreitet war – Samsa war Reisender –, hing das Bild, das er vor kurzem aus einer illustrierten Zeitschrift ausgeschnitten und in einem hübschen, vergoldeten Rahmen untergebracht hatte. Es stellte eine Dame dar, die, mit einem Pelzhut und einer Pelzboa versehen, aufrecht dasaß und einen schweren Pelzmuff, in dem ihr ganzer Unterarm verschwunden war, dem Beschauer entgegenhob.

Gregors Blick richtete sich dann zum Fenster, und das trübe Wetter – man hörte Regentropfen auf das Fensterblech aufschlagen – machte ihn ganz melancholisch. »Wie wäre es, wenn ich noch ein wenig weiterschliefe und alle Narrheiten vergäße«, dachte er, aber das war gänzlich undurchführbar, denn er war gewöhnt, auf der rechten Seite zu schlafen, konnte sich aber in seinem gegenwärtigen Zustand nicht in diese Lage bringen. Mit welcher Kraft er sich auch auf die rechte Seite warf, immer wieder schaukelte er in die Rückenlage zurück. Er versuchte es wohl hundertmal, schloss die Augen, um die zappelnden Beine nicht sehen zu müssen und ließ erst ab, als er in der Seite einen noch nie gefühlten, leichten, dumpfen Schmerz zu fühlen begann.

»Ach Gott«, dachte er, »was für einen anstrengenden Beruf habe ich gewählt! Tagaus, tagein auf der Reise. Die geschäftlichen Aufregungen sind viel größer, als im eigentlichen Geschäft zu Hause, und außerdem ist mir noch diese Plage des Reisens auferlegt, die Sorgen um die Zuganschlüsse, das unregelmäßige, schlechte Essen, ein immer wechselnder, nie andauernder, nie herzlich werdender menschlicher Verkehr. Der Teufel soll das alles holen!« Er fühlte ein leichtes Jucken oben auf dem Bauch; schob sich auf dem Rücken langsam näher zum Bettpfosten, um den Kopf besser heben zu können; fand die juckende Stelle, die mit lauter kleinen weißen Pünktchen besetzt war, die er nicht zu beurteilen verstand; und wollte mit einem Bein die Stelle betasten, zog es aber gleich zurück, denn bei der Berührung umwehten ihn Kälteschauer.

Er glitt wieder in seine frühere Lage zurück. »Dies frühzeitige Aufstehen«, dachte er, »macht einen ganz blödsinnig. Der Mensch muss seinen Schlaf haben. Andere Reisende leben wie Haremsfrauen. Wenn ich zum Beispiel im Laufe des Vormittags ins Gasthaus zurückgehe, um die erlangten Aufträge zu überschreiben, sitzen diese Herren erst beim Frühstück. Das sollte ich bei meinem Chef versuchen; ich würde auf der Stelle hinausfliegen. Wer weiß übrigens, ob das nicht sehr gut für mich wäre. Wenn ich mich nicht wegen meiner Eltern zurückhielte, ich hätte längst gekündigt, ich wäre vor den Chef hingetreten und hätte ihm meine Meinung von Grund des Herzens aus gesagt. Vom Pult hätte er fallen müssen! Es ist auch eine sonderbare Art, sich auf das Pult zu setzen und von der Höhe herab mit dem Angestellten zu reden, der überdies wegen der Schwerhörigkeit des Chefs ganz nahe herantreten muss. Nun, die Hoffnung ist noch nicht gänzlich aufgegeben; habe ich einmal das Geld beisammen, um die Schuld der

Eltern an ihn abzuzahlen – es dürfte noch fünf bis sechs Jahre dauern –, mache ich die Sache unbedingt. Dann wird der große Schnitt gemacht. Vorläufig allerdings muss ich aufstehen, denn mein Zug fährt um fünf.«

Und er sah zur Weckuhr hinüber, die auf dem Kasten tickte. »Himmlischer Vater«, dachte er. Es war halb sieben Uhr, und die Zeiger gingen ruhig vorwärts, es war sogar halb vorüber, es näherte sich schon dreiviertel. Sollte der Wecker nicht geläutet haben? Man sah vom Bett aus, dass er auf vier Uhr richtig eingestellt war; gewiss hatte er auch geläutet. Ja, aber war es möglich, dieses möbelerschütternde Läuten ruhig zu verschlafen? Nun, ruhig hatte er ja nicht geschlafen, aber wahrscheinlich desto fester. Was aber sollte er jetzt tun? Der nächste Zug ging um sieben Uhr; um den einzuholen, hätte er sich unsinnig beeilen müssen, und die Kollektion war noch nicht eingepackt, und er selbst fühlte sich durchaus nicht besonders frisch und beweglich. Und selbst wenn er den Zug einholte, ein Donnerwetter des Chefs war nicht zu vermeiden, denn der Geschäftsdiener hatte beim Fünfuhrzug gewartet und die Meldung von seiner Versäumnis längst erstattet. Es war eine Kreatur des Chefs, ohne Rückgrat und Verstand. Wie nun, wenn er sich krank meldete? Das war aber äußerst peinlich und verdächtig, denn Gregor war während seines fünfjährigen Dienstes noch nicht einmal krank gewesen. Gewiss würde der Chef mit dem Krankenkassenarzt kommen, würde den Eltern wegen des faulen Sohnes Vorwürfe machen und alle Einwände durch den Hinweis auf den Krankenkassenarzt abschneiden, für den es ja überhaupt nur ganz gesunde, aber arbeitsscheue Menschen gibt. Und hätte er übrigens in diesem Falle so ganz unrecht? Gregor fühlte sich tatsächlich, abgesehen von einer nach dem langen Schlaf wirklich überflüssigen Schläfrigkeit, ganz wohl und hatte sogar einen besonders kräftigen Hunger.

Als er dies alles in größter Eile überlegte, ohne sich entschließen zu können, das Bett zu verlassen – gerade schlug der Wecker dreiviertel sieben – klopfte es vorsichtig an die Tür am Kopfende seines Bettes.

»Gregor«, rief es – es war die Mutter –, »es ist dreiviertel sieben. Wolltest du nicht wegfahren?« Die sanfte Stimme! Gregor erschrak, als er seine antwortende Stimme hörte, die wohl unverkennbar seine frühere war, in die sich aber, wie von unten her, ein nicht zu unterdrückendes, schmerzliches Piepsen mischte, das die Worte förmlich nur im ersten Augenblick in ihrer Deutlichkeit beließ, um sie im Nachklang derart zu zerstören, dass man nicht wusste, ob man recht gehört hatte. Gregor hatte ausführlich antworten und alles erklären wollen, beschränkte sich aber bei diesen Umständen darauf, zu sagen: »Ja, ja, danke Mutter, ich stehe schon auf.« Infolge der Holztür war die Veränderung in Gregors Stimme draußen wohl nicht zu merken, denn die Mutter beruhigte sich mit dieser Erklärung und schlürfte davon. Aber durch das kleine

Gespräch waren die anderen Familienmitglieder darauf aufmerksam geworden, dass Gregor wider Erwarten noch zu Hause war, und schon klopfte an der einen Seitentür der Vater, schwach, aber schon mit der Faust. »Gregor, Gregor«, rief er, »was ist denn?« Und nach einer kleinen Weile mahnte er nochmals mit tieferer Stimme: »Gregor! Gregor!« An der anderen Seitentür aber klagte leise die Schwester: »Gregor? Ist dir nicht wohl? Brauchst du etwas?« Nach beiden Seiten hin antwortete Gregor: »Bin schon fertig«, und bemühte sich, durch die sorgfältigste Aussprache und durch Einschaltung von langen Pausen zwischen den einzelnen Worten seiner Stimme alles Auffallende zu nehmen. Der Vater kehrte auch zu seinem Frühstück zurück, die Schwester aber flüsterte: »Gregor, mach auf, ich beschwöre dich.« Gregor aber dachte gar nicht daran aufzumachen, sondern lobte die vom Reisen her übernommene Vorsicht, auch zu Hause alle Türen während der Nacht zu versperren.

Zunächst wollte er ruhig und ungestört aufstehen, sich anziehen und vor allem frühstücken, und dann erst das Weitere überlegen, denn, das merkte er wohl, im Bett würde er mit dem Nachdenken zu keinem vernünftigen Ende kommen. Er erinnerte sich, schon öfters im Bett irgendeinen vielleicht durch ungeschicktes Liegen erzeugten, leichten Schmerz empfunden zu haben, der sich dann beim Aufstehen als reine Einbildung herausstellte, und er war gespannt, wie sich seine heutigen Vorstellungen allmählich auflösen würden. Dass die Veränderung der Stimme nichts anderes war, als der Vorbote einer tüchtigen Verkühlung, einer Berufskrankheit der Reisenden, daran zweifelte er nicht im geringsten.

Die Decke abzuwerfen war ganz einfach; er brauchte sich nur ein wenig aufzublasen und sie fiel von selbst. Aber weiterhin wurde es schwierig, besonders weil er so ungemein breit war. Er hätte Arme und Hände gebraucht, um sich aufzurichten; statt dessen aber hatte er nur die vielen Beinchen, die ununterbrochen in der verschiedensten Bewegung waren und die er überdies nicht beherrschen konnte. Wollte er eines einmal einknicken, so war es das erste, dass es sich streckte; und gelang es ihm endlich, mit diesem Bein das auszuführen, was er wollte, so arbeiteten inzwischen alle anderen, wie freigelassen, in höchster, schmerzlicher Aufregung. »Nur sich nicht im Bett unnütz aufhalten«, sagte sich Gregor.

Zuerst wollte er mit dem unteren Teil seines Körpers aus dem Bett hinauskommen, aber dieser untere Teil, den er übrigens noch nicht gesehen und von dem er sich auch keine rechte Vorstellung machen konnte, erwies sich als zu schwer beweglich; es ging so langsam; und als er schließlich, fast wild geworden, mit gesammelter Kraft, ohne Rücksicht sich vorwärtsstieß, hatte er die Richtung falsch gewählt, schlug an den unteren Bettpfosten heftig an, und der brennende

Schmerz, den er empfand, belehrte ihn, dass gerade der untere Teil seines Körpers augenblicklich vielleicht der empfindlichste war.

Er versuchte es daher, zuerst den Oberkörper aus dem Bett zu bekommen, und drehte vorsichtig den Kopf dem Bettrand zu. Dies gelang auch leicht, und trotz ihrer Breite und Schwere folgte schließlich die Körpermasse langsam der Wendung des Kopfes. Aber als er den Kopf endlich außerhalb des Bettes in der freien Luft hielt, bekam er Angst, weiter auf diese Weise vorzurücken, denn wenn er sich schließlich so fallen ließ, musste geradezu ein Wunder geschehen, wenn der Kopf nicht verletzt werden sollte. Und die Besinnung durfte er gerade jetzt um keinen Preis verlieren; da wollte er lieber im Bett bleiben.

Aber als er wieder nach gleicher Mühe aufseufzend so dalag wie früher, und wieder seine Beinchen womöglich noch ärger gegeneinander kämpfen sah und keine Möglichkeit fand, in diese Willkür Ruhe und Ordnung zu bringen, sagte er sich wieder, dass er unmöglich im Bett bleiben könne und dass es das Vernünftigste sei, alles zu opfern, wenn auch nur die kleinste Hoffnung bestünde, sich dadurch vom Bett zu befreien. Gleichzeitig aber vergaß er nicht, sich zwischendurch daran zu erinnern, dass viel besser als verzweifelte Entschlüsse ruhige und ruhigste Überlegung sei. In solchen Augenblicken richtete er die Augen möglichst scharf auf das Fenster, aber leider war aus dem Anblick des Morgennebels, der sogar die andere Seite der engen Straße verhüllte, wenig Zuversicht und Munterkeit zu holen. »Schon sieben Uhr«, sagte er sich beim neuerlichen Schlagen des Weckers, »schon sieben Uhr und noch immer ein solcher Nebel.« Und ein Weilchen lang lag er ruhig mit schwachem Atem, als erwarte er vielleicht von der völligen Stille die Wiederkehr der wirklichen und selbstverständlichen Verhältnisse.

Dann aber sagte er sich: »Ehe es einviertel acht schlägt, muss ich unbedingt das Bett vollständig verlassen haben. Im übrigen wird auch bis dahin jemand aus dem Geschäft kommen, um nach mir zu fragen, denn das Geschäft wird vor sieben Uhr geöffnet.« Und er machte sich nun daran, den Körper in seiner ganzen Länge vollständig gleichmäßig aus dem Bett hinauszuschaukeln. Wenn er sich auf diese Weise aus dem Bett fallen ließ, blieb der Kopf, den er beim Fall scharf heben wollte, voraussichtlich unverletzt. Der Rücken schien hart zu sein; dem würde wohl bei dem Fall auf den Teppich nichts geschehen. Das größte Bedenken machte ihm die Rücksicht auf den lauten Krach, den es geben müsste und der wahrscheinlich hinter allen Türen wenn nicht Schrecken, so doch Besorgnisse erregen würde. Das musste aber gewagt werden.

Als Gregor schon zur Hälfte aus dem Bette ragte – die neue Methode war mehr ein Spiel als eine Anstrengung, er brauchte immer nur ruckweise zu schaukeln –, fiel ihm ein, wie einfach alles wäre, wenn man ihm zu Hilfe käme. Zwei starke Leute – er dachte an seinen Vater und das Dienstmädchen – hätten vollständig genügt; sie hätten ihre Arme nur unter seinen gewölbten Rücken schieben, ihn so aus dem Bett schälen, sich mit der Last niederbeugen und dann bloß vorsichtig dulden müssen, dass er den Überschwung auf dem Fußboden vollzog, wo dann die Beinchen hoffentlich einen Sinn bekommen würden. Nun, ganz abgesehen davon, dass die Türen versperrt waren, hätte er wirklich um Hilfe rufen sollen? Trotz aller Not konnte er bei diesem Gedanken ein Lächeln nicht unterdrücken.

Schon war er so weit, dass er bei stärkerem Schaukeln kaum das Gleichgewicht noch erhielt, und sehr bald musste er sich nun endgültig entscheiden, denn es war in fünf Minuten einviertel acht, – als es an der Wohnungstür läutete. »Das ist jemand aus dem Geschäft«, sagte er sich und erstarrte fast, während seine Beinchen nur desto eiliger tanzten. Einen Augenblick blieb alles still. »Sie öffnen nicht«, sagte sich Gregor, befangen in irgendeiner unsinnigen Hoffnung. Aber dann ging natürlich wie immer das Dienstmädchen festen Schrittes zur Tür und öffnete. Gregor brauchte nur das erste Grußwort des Besuchers zu hören und wusste schon, wer es war – der Prokurist selbst. Warum war nur Gregor dazu verurteilt, bei einer Firma zu dienen, wo man bei der kleinsten Versäumnis gleich den größten Verdacht fasste? Waren denn alle Angestellten samt und sonders Lumpen, gab es denn unter ihnen keinen treuen ergebenen Menschen, der, wenn er auch nur ein paar Morgenstunden für das Geschäft nicht ausgenutzt hatte, vor Gewissensbissen närrisch wurde und geradezu nicht imstande war, das Bett zu verlassen? Genügte es wirklich nicht, einen Lehrjungen nachfragen zu lassen – wenn überhaupt diese Fragerei nötig war –, musste da der Prokurist selbst kommen, und musste dadurch der ganzen unschuldigen Familie gezeigt werden, dass die Untersuchung dieser verdächtigen Angelegenheit nur dem Verstand des Prokuristen anvertraut werden konnte? Und mehr infolge der Erregung, in welche Gregor durch diese Überlegungen versetzt wurde, als infolge eines richtigen Entschlusses, schwang er sich mit aller Macht aus dem Bett. Es gab einen lauten Schlag, aber ein eigentlicher Krach war es nicht. Ein wenig wurde der Fall durch den Teppich abgeschwächt, auch war der Rücken elastischer, als Gregor gedacht hatte, daher kam der nicht gar so auffallende dumpfe Klang. Nur den Kopf hatte er nicht vorsichtig genug gehalten und ihn angeschlagen; er drehte ihn und rieb ihn an dem Teppich vor Ärger und Schmerz.

»Da drin ist etwas gefallen«, sagte der Prokurist im Nebenzimmer links. Gregor suchte sich vorzustellen, ob nicht auch einmal dem Prokuristen etwas Ähnliches passieren könnte, wie heute ihm; die Möglichkeit dessen musste man doch eigentlich zugeben. Aber wie zur rohen Antwort auf diese Frage machte jetzt der

Prokurist im Nebenzimmer ein paar bestimmte Schritte und ließ seine Lackstiefel knarren. Aus dem Nebenzimmer rechts flüsterte die Schwester, um Gregor zu verständigen: »Gregor, der Prokurist ist da.« »Ich weiß«, sagte Gregor vor sich hin; aber so laut, dass es die Schwester hätte hören können, wagte er die Stimme nicht zu erheben.

»Gregor«, sagte nun der Vater aus dem Nebenzimmer links, »der Herr Prokurist ist gekommen und erkundigt sich, warum du nicht mit dem Frühzug weggefahren bist. Wir wissen nicht, was wir ihm sagen sollen. Übrigens will er auch mit dir persönlich sprechen. Also bitte mach die Tür auf. Er wird die Unordnung im Zimmer zu entschuldigen schon die Güte haben.«

»Guten Morgen, Herr Samsa«, rief der Prokurist freundlich dazwischen. »Ihm ist nicht wohl«, sagte die Mutter zum Prokuristen, während der Vater noch an der Tür redete, »ihm ist nicht wohl, glauben Sie mir, Herr Prokurist. Wie würde denn Gregor sonst einen Zug versäumen! Der Junge hat ja nichts im Kopf als das Geschäft. Ich ärgere mich schon fast, dass er abends niemals ausgeht; jetzt war er doch acht Tage in der Stadt, aber jeden Abend war er zu Hause. Da sitzt er bei uns am Tisch und liest still die Zeitung oder studiert Fahrpläne. Es ist schon eine Zerstreuung für ihn, wenn er sich mit Laubsägearbeiten beschäftigt. Da hat er zum Beispiel im Laufe von zwei, drei Abenden einen kleinen Rahmen geschnitzt; Sie werden staunen, wie hübsch er ist; er hängt drin im Zimmer; Sie werden ihn gleich sehen, bis Gregor aufmacht. Ich bin übrigens glücklich, dass Sie da sind, Herr Prokurist; wir allein hätten Gregor nicht dazu gebracht, die Tür zu öffnen; er ist so hartnäckig; und bestimmt ist ihm nicht wohl, trotzdem er es am Morgen geleugnet hat.«

»Ich komme gleich«, sagte Gregor langsam und bedächtig und rührte sich nicht, um kein Wort der Gespräche zu verlieren. »Anders, gnädige Frau, kann ich es mir auch nicht erklären«, sagte der Prokurist, »hoffentlich ist es nichts Ernstes. Wenn ich auch andererseits sagen muss, dass wir Geschäftsleute – wie man will, leider oder glücklicherweise – ein leichtes Unwohlsein sehr oft aus geschäftlichen Rücksichten einfach überwinden müssen.« »Also kann der Herr Prokurist schon zu dir hinein?«, fragte der ungeduldige Vater und klopfte wiederum an die Tür. »Nein«, sagte Gregor. Im Nebenzimmer links trat eine peinliche Stille ein, im Nebenzimmer rechts begann die Schwester zu schluchzen.

Warum ging denn die Schwester nicht zu den anderen? Sie war wohl erst jetzt aus dem Bett aufgestanden und hatte noch gar nicht angefangen sich anzuziehen. Und warum weinte sie denn? Weil er nicht aufstand und den Prokuristen nicht hereinließ, weil er in Gefahr war, den Posten zu verlieren und weil dann der Chef die Eltern mit den alten Forderungen wieder verfolgen würde? Das waren doch vorläufig wohl unnötige Sorgen.

Noch war Gregor hier und dachte nicht im geringsten daran, seine Familie zu verlassen. Augenblicklich lag er wohl da auf dem Teppich, und niemand, der seinen Zustand gekannt hätte, hätte im Ernst von ihm verlangt, dass er den Prokuristen hereinlasse. Aber wegen dieser kleinen Unhöflichkeit, für die sich ja später leicht eine passende Ausrede finden würde, konnte Gregor doch nicht gut sofort weggeschickt werden. Und Gregor schien es, dass es viel vernünftiger wäre, ihn jetzt in Ruhe zu lassen, statt ihn mit Weinen und Zureden zu stören. Aber es war eben die Ungewissheit, welche die anderen bedrängte und ihr Benehmen entschuldigte.

»Herr Samsa«, rief nun der Prokurist mit erhobener Stimme, »was ist denn los? Sie verbarrikadieren sich da in Ihrem Zimmer, antworten bloß mit ja und nein, machen Ihren Eltern schwere, unnötige Sorgen und versäumen – dies nur nebenbei erwähnt – Ihre geschäftlichen Pflichten in einer eigentlich unerhörten Weise. Ich spreche hier im Namen Ihrer Eltern und Ihres Chefs und bitte Sie ganz ernsthaft um eine augenblickliche, deutliche Erklärung. Ich staune, ich staune. Ich glaubte Sie als einen ruhigen, vernünftigen Menschen zu kennen, und nun scheinen Sie plötzlich anfangen zu wollen, mit sonderbaren Launen zu paradieren. Der Chef deutete mir zwar heute früh eine mögliche Erklärung für Ihre Versäumnisse an – sie betraf das Ihnen seit kurzem anvertraute Inkasso –, aber ich legte wahrhaftig fast mein Ehrenwort dafür ein, dass diese Erklärung nicht zutreffen könne. Nun aber sehe ich hier Ihren unbegreiflichen Starrsinn und verliere ganz und gar jede Lust, mich auch nur im geringsten für Sie einzusetzen. Und Ihre Stellung ist durchaus nicht die festeste. Ich hatte ursprünglich die Absicht, Ihnen das alles unter vier Augen zu sagen, aber da Sie mich hier nutzlos meine Zeit versäumen lassen, weiß ich nicht, warum es nicht auch Ihre Herren Eltern erfahren sollen. Ihre Leistungen in der letzten Zeit waren also sehr unbefriedigend; es ist zwar nicht die Jahreszeit, um besondere Geschäfte zu machen, das erkennen wir an; aber eine Jahreszeit, um keine Geschäfte zu machen, gibt es überhaupt nicht, Herr Samsa, darf es nicht geben.«

»Aber Herr Prokurist«, rief Gregor außer sich und vergaß in der Aufregung alles andere, »ich mache ja sofort, augenblicklich auf. Ein leichtes Unwohlsein, ein Schwindelanfall, haben mich verhindert aufzustehen. Ich liege noch jetzt im Bett. Jetzt bin ich aber schon wieder ganz frisch. Eben steige ich aus dem Bett. Nur einen kleinen Augenblick Geduld! Es geht noch nicht so gut; wie ich dachte. Es ist mir aber schon wohl. Wie das nur einen Menschen so überfallen kann! Noch gestern abend war mir ganz gut, meine Eltern wissen es ja, oder besser, schon gestern abend hatte ich eine kleine Vorahnung. Man hätte es mir ansehen müssen. Warum habe ich es nur im Geschäfte nicht gemeldet! Aber man denkt eben immer, dass man die Krankheit ohne Zuhausebleiben überstehen wird. Herr Prokurist!

Schonen Sie meine Eltern! Für alle die Vorwürfe, die Sie mir jetzt machen, ist ja kein Grund; man hat mir ja davon auch kein Wort gesagt. Sie haben vielleicht die letzten Aufträge, die ich geschickt habe, nicht gelesen. Übrigens, noch mit dem Achtuhrzug fahre ich auf die Reise, die paar Stunden Ruhe haben mich gekräftigt. Halten Sie sich nur nicht auf, Herr Prokurist; ich bin gleich selbst im Geschäft, und haben Sie die Güte, das zu sagen und mich dem Herrn Chef zu empfehlen!«

Und während Gregor dies alles hastig ausstieß und kaum wusste, was er sprach, hatte er sich leicht, wohl infolge der im Bett bereits erlangten Übung, dem Kasten genähert und versuchte nun, an ihm sich aufzurichten. Er wollte tatsächlich die Tür aufmachen, tatsächlich sich sehen lassen und mit dem Prokuristen sprechen; er war begierig zu erfahren, was die anderen, die jetzt so nach ihm verlangten, bei seinem Anblick sagen würden. Würden sie erschrecken, dann hatte Gregor keine Verantwortung mehr und konnte ruhig sein. Würden sie aber alles ruhig hinnehmen, dann hatte auch er keinen Grund sich aufzuregen, und konnte, wenn er sich beeilte, um acht Uhr tatsächlich auf dem Bahnhof sein.

Zuerst glitt er nun einige Male von dem glatten Kasten ab, aber endlich gab er sich einen letzten Schwung und stand aufrecht da; auf die Schmerzen im Unterleib achtete er gar nicht mehr, so sehr sie auch brannten. Nun ließ er sich gegen die Rückenlehne eines nahen Stuhles fallen, an deren Rändern er sich mit seinen Beinchen festhielt. Damit hatte er aber auch die Herrschaft über sich erlangt und verstummte, denn nun konnte er den Prokuristen anhören.

»Haben Sie auch nur ein Wort verstanden?«, fragte der Prokurist die Eltern, »er macht sich doch wohl nicht einen Narren aus uns?« »Um Gottes willen«, rief die Mutter schon unter Weinen, »er ist vielleicht schwer krank, und wir quälen ihn. Grete! Grete!«, schrie sie dann. »Mutter?«, rief die Schwester von der anderen Seite. Sie verständigten sich durch Gregors Zimmer. »Du musst augenblicklich zum Arzt. Gregor ist krank. Rasch um den Arzt. Hast du Gregor jetzt reden hören?« »Das war eine Tierstimme«, sagte der Prokurist, auffallend leise gegenüber dem Schreien der Mutter.

»Anna! Anna!«, rief der Vater durch das Vorzimmer in die Küche und klatschte in die Hände, »sofort einen Schlosser holen!« Und schon liefen die zwei Mädchen mit rauschenden Röcken durch das Vorzimmer – wie hatte sich die Schwester denn so schnell angezogen? – und rissen die Wohnungstüre auf. Man hörte gar nicht die Türe zuschlagen; sie hatten sie wohl offen gelassen, wie es in Wohnungen zu sein pflegt, in denen ein großes Unglück geschehen ist.

Gregor war aber viel ruhiger geworden. Man verstand zwar also seine Worte nicht mehr, trotzdem sie ihm genug klar, klarer als früher, vorgekommen waren, vielleicht infolge der Gewöhnung des Ohres. Aber immerhin glaubte man nun schon daran, dass es mit ihm nicht ganz in Ordnung war, und war bereit, ihm zu helfen. Die Zuversicht und Sicherheit, mit welchen die ersten Anordnungen getroffen worden waren, taten ihm wohl. Er fühlte sich wieder einbezogen in den menschlichen Kreis und erhoffte von beiden, vom Arzt und vom Schlosser, ohne sie eigentlich genau zu scheiden, großartige und überraschende Leistungen. Um für die sich nähernden entscheidenden Besprechungen eine möglichst klare Stimme zu bekommen, hustete er ein wenig ab, allerdings bemüht, dies ganz gedämpft zu tun, da möglicherweise auch schon dieses Geräusch anders als menschlicher Husten klang, was er selbst zu entscheiden sich nicht mehr getraute. Im Nebenzimmer war es inzwischen ganz still geworden. Vielleicht saßen die Eltern mit dem Prokuristen beim Tisch und tuschelten, vielleicht lehnten alle an der Türe und horchten.

Gregor schob sich langsam mit dem Sessel zur Tür hin, ließ ihn dort los, warf sich gegen die Tür, hielt sich an ihr aufrecht – die Ballen seiner Beinchen hatten ein wenig Klebstoff – und ruhte sich dort einen Augenblick lang von der Anstrengung aus. Dann aber machte er sich daran, mit dem Mund den Schlüssel im Schloss umzudrehen. Es schien leider, dass er keine eigentlichen Zähne hatte, – womit sollte er gleich den Schlüssel fassen? – aber dafür waren die Kiefer freilich sehr stark; mit ihrer Hilfe brachte er auch wirklich den Schlüssel in Bewegung und achtete nicht darauf, dass er sich zweifellos irgendeinen Schaden zufügte, denn eine braune Flüssigkeit kam ihm aus dem Mund, floss über den Schlüssel und tropfte auf den Boden.

»Hören Sie nur«, sagte der Prokurist im Nebenzimmer, »er dreht den Schlüssel um.« Das war für Gregor eine große Aufmunterung; aber alle hätten ihm zurufen sollen, auch der Vater und die Mutter: »Frisch, Gregor«, hätten sie rufen sollen, »immer nur heran, fest an das Schloss heran!« Und in der Vorstellung, dass alle seine Bemühungen mit Spannung verfolgten, verbiss er sich mit allem, was er an Kraft aufbringen konnte, besinnungslos in den Schlüssel. Je nach dem Fortschreiten der Drehung des Schlüssels umtanzte er das Schloss; hielt sich jetzt nur noch mit dem Munde aufrecht, und je nach Bedarf hing er sich an den Schlüssel oder drückte ihn dann wieder nieder mit der ganzen Last seines Körpers. Der hellere Klang des endlich zurückschnappenden Schlosses erweckte Gregor förmlich. Aufatmend sagte er sich: »Ich habe also den Schlosser nicht gebraucht«, und legte den Kopf auf die Klinke, um die Türe gänzlich zu öffnen.

Da er die Türe auf diese Weise öffnen musste, war sie eigentlich schon recht weit geöffnet, und er selbst noch nicht zu sehen. Er musste sich erst langsam um den einen Türflügel herumdrehen, und zwar sehr vorsichtig, wenn er nicht gerade vor dem Eintritt ins Zimmer plump auf den Rücken fallen wollte. Er war noch mit jener schwierigen Bewegung beschäftigt und hatte nicht Zeit, auf anderes zu achten, da hörte er schon den Prokuristen ein lautes »Oh!« ausstoßen – es klang, wie wenn der Wind saust und nun sah er ihn auch, wie er, der der Nächste an der Türe war, die Hand gegen den offenen Mund drückte und langsam zurückwich, als vertreibe ihn eine unsichtbare, gleichmäßig fortwirkende Kraft. Die Mutter – sie stand hier trotz der Anwesenheit des Prokuristen mit von der Nacht her noch aufgelösten, hoch sich sträubenden Haaren – sah zuerst mit gefalteten Händen den Vater an, ging dann zwei Schritte zu Gregor hin und fiel inmitten ihrer rings um sie herum sich ausbreitenden Röcke nieder, das Gesicht ganz unauffindbar zu ihrer Brust gesenkt. Der Vater ballte mit feindseligem Ausdruck die Faust, als wolle er Gregor in sein Zimmer zurückstoßen, sah sich dann unsicher im Wohnzimmer um, beschattete dann mit den Händen die Augen und weinte, dass sich seine mächtige Brust schüttelte.

Gregor trat nun gar nicht in das Zimmer, sondern lehnte sich von innen an den festgeriegelten Türflügel, so dass sein Leib nur zur Hälfte und darüber der seitlich geneigte Kopf zu sehen war, mit dem er zu den anderen hinüberlugte. Es war inzwischen viel heller geworden; klar stand auf der anderen Straßenseite ein Ausschnitt des gegenüberliegenden, endlosen, grauschwarzen Hauses – es war ein Krankenhaus – mit seinen hart die Front durchbrechenden regelmäßigen Fenstern; der Regen fiel noch nieder, aber nur mit großen, einzeln sichtbaren und förmlich auch einzelnweise auf die Erde hinuntergeworfenen Tropfen. Das Frühstücksgeschirr stand in überreicher Zahl auf dem Tisch, denn für den Vater war das Frühstück die wichtigste Mahlzeit des Tages, die er bei der Lektüre verschiedener Zeitungen stundenlang hinzog. Gerade an der gegenüberliegenden Wand hing eine Fotografie Gregors aus seiner Militärzeit, die ihn als Leutnant darstellte, wie er, die Hand am Degen, sorglos lächelnd, Respekt für seine Haltung und Uniform verlangte. Die Tür zum Vorzimmer war geöffnet, und man sah, da auch die Wohnungstür offen war, auf den Vorplatz der Wohnung hinaus und auf den Beginn der abwärts führenden Treppe.

»Nun«, sagte Gregor und war sich dessen wohl bewusst, dass er der einzige war, der die Ruhe bewahrt hatte, »ich werde mich gleich anziehen, die Kollektion zusammenpacken und wegfahren. Wollt Ihr, wollt Ihr mich wegfahren lassen? Nun, Herr Prokurist, Sie sehen, ich bin nicht starrköpfig und ich arbeite gern; das Reisen ist beschwerlich, aber ich könnte ohne das Reisen nicht leben. Wohin gehen Sie denn, Herr Prokurist? Ins Geschäft? Ja? Werden Sie alles wahrheitsgetreu berichten? Man kann im Augenblick unfähig sein zu arbeiten, aber dann ist gerade der richtige Zeitpunkt, sich an die früheren Leistungen zu erinnern und zu bedenken, dass man später, nach Beseitigung des Hindernisses, gewiss desto fleißiger und gesammelter arbeiten wird. Ich bin ja dem Herrn Chef so sehr verpflichtet, das wissen Sie doch recht gut. Andererseits habe ich die Sorge um meine Eltern und die Schwester. Ich bin in der Klemme, ich werde mich aber auch wieder herausarbeiten. Machen Sie es mir aber nicht schwieriger, als es schon ist. Halten Sie im Geschäft meine Partei! Man liebt den Reisenden nicht, ich weiß. Man denkt, er verdient ein Heidengeld und führt dabei ein schönes Leben. Man hat eben keine besondere Veranlassung, dieses Vorurteil besser zu durchdenken. Sie aber, Herr Prokurist, Sie haben einen besseren Überblick über die Verhältnisse als das sonstige Personal, ja sogar, ganz im Vertrauen gesagt, einen besseren Überblick als der Herr Chef selbst, der in seiner Eigenschaft als Unternehmer sich in seinem Urteil leicht zu Ungunsten eines Angestellten beirren lässt. Sie wissen auch sehr wohl, dass der Reisende, der fast das ganze Jahr außerhalb des Geschäfts ist, so leicht ein Opfer von Klatschereien, Zufälligkeiten und grundlosen Beschwerden werden kann, gegen die sich zu wehren ihm ganz unmöglich ist, da er von ihnen meistens gar nichts erfährt und nur dann, wenn er erschöpft eine Reise beendet hat, zu Hause die schlimmen, auf ihre Ursachen hin nicht mehr zu durchschauenden Folgen am eigenen Leibe zu spüren bekommt. Herr Prokurist, gehen Sie nicht weg, ohne mir ein Wort gesagt zu haben, das mir zeigt, dass Sie mir wenigstens zu einem kleinen Teil recht geben!«

Aber der Prokurist hatte sich schon bei den ersten Worten Gregors abgewendet, und nur über die zuckende Schulter hinweg sah er mit aufgeworfenen Lippen nach Gregor zurück. Und während Gregors Rede stand er keinen Augenblick still, sondern verzog sich, ohne Gregor aus den Augen zu lassen, gegen die Tür, aber ganz allmählich, als bestehe ein geheimes Verbot, das Zimmer zu verlassen. Schon war er im Vorzimmer, und nach der plötzlichen Bewegung, mit der er zum letzten Mal den Fuß aus dem Wohnzimmer zog, hätte man glauben können, er habe sich soeben die Sohle verbrannt. Im Vorzimmer aber streckte er die rechte Hand weit von sich zur Treppe hin, als warte dort auf ihn eine geradezu überirdische Erlösung.

Gregor sah ein, dass er den Prokuristen in dieser Stimmung auf keinen Fall weggehen lassen dürfe, wenn dadurch seine Stellung im Geschäft nicht aufs Äußerste gefährdet werden sollte. Die Eltern verstanden das alles nicht so gut; sie hatten sich in den langen Jahren die Überzeugung gebildet, dass Gregor in diesem Geschäft für sein Leben versorgt war, und hatten außerdem jetzt mit den augenblicklichen Sorgen so viel zu tun, dass ihnen jede Voraussicht abhanden gekommen war. Aber Gregor hatte diese Voraussicht. Der Prokurist musste gehalten, beruhigt, überzeugt und schließlich gewonnen werden; die Zukunft Gregors und seiner Familie hing doch davon ab! Wäre doch die Schwester hier gewesen! Sie war klug; sie hatte schon geweint, als Gregor noch ruhig auf dem Rücken lag. Und gewiss hätte der Prokurist, dieser Damenfreund, sich von ihr lenken lassen; sie hätte die Wohnungstür zugemacht und ihm im Vorzimmer den Schrecken ausgeredet. Aber die Schwester war eben nicht da, Gregor selbst musste handeln.

Und ohne daran zu denken, dass er seine gegenwärtigen Fähigkeiten, sich zu bewegen, noch gar nicht kannte, ohne auch daran zu denken, dass seine Rede möglicher-, ja wahrscheinlicherweise wieder nicht verstanden worden war, verließ er den Türflügel; schob sich durch die Öffnung; wollte zum Prokuristen hingehen, der sich schon am Geländer des Vorplatzes lächerlicherweise mit beiden Händen festhielt; fiel aber sofort, nach einem Halt suchend, mit einem kleinen Schrei auf seine vielen Beinchen nieder. Kaum war das geschehen, fühlte er zum ersten Mal an diesem Morgen ein körperliches Wohlbehagen; die Beinchen hatten festen Boden unter sich; sie gehorchten vollkommen, wie er zu seiner Freude merkte; strebten sogar darnach, ihn fortzutragen, wohin er wollte; und schon glaubte er, die endgültige Besserung alles Leidens stehe unmittelbar bevor. Aber im gleichen Augenblick, als er da schaukelnd vor verhaltener Bewegung, gar nicht weit von seiner Mutter entfernt, ihr gerade gegenüber auf dem Boden lag, sprang diese, die doch so ganz in sich versunken schien, mit einem Male in die Höhe, die Arme weit ausgestreckt, die Finger gespreizt, rief: »Hilfe, um Gottes willen Hilfe!«, hielt den Kopf geneigt, als wolle sie Gregor besser sehen, lief aber, im

Widerspruch dazu, sinnlos zurück; hatte vergessen, dass hinter ihr der gedeckte Tisch stand; setzte sich, als sie bei ihm angekommen war, wie in Zerstreutheit, eilig auf ihn; und schien gar nicht zu merken, dass neben ihr aus der umgeworfenen großen Kanne der Kaffee in vollem Strome auf den Teppich sich ergoss.

»Mutter, Mutter«, sagte Gregor leise, und sah zu ihr hinauf. Der Prokurist war ihm für einen Augenblick ganz aus dem Sinn gekommen; dagegen konnte er sich nicht versagen, im Anblick des fließenden Kaffees mehrmals mit den Kiefern ins Leere zu schnappen. Darüber schrie die Mutter neuerdings auf, flüchtete vom Tisch und fiel dem ihr entgegeneilenden Vater in die Arme. Aber Gregor hatte jetzt keine Zeit für seine Eltern; der Prokurist war schon auf der Treppe; das Kinn auf dem Geländer, sah er noch zum letzten Male zurück. Gregor nahm einen Anlauf, um ihn möglichst sicher einzuholen; der Prokurist musste etwas ahnen, denn er machte einen Sprung über mehrere Stufen und verschwand; »Huh!« aber schrie er noch, es klang durchs ganze Treppenhaus. Leider schien nun auch diese Flucht des Prokuristen den Vater, der bisher verhältnismäßig gefasst gewesen war, völlig zu verwirren, denn statt selbst dem Prokuristen nachzulaufen oder wenigstens Gregor in der Verfolgung nicht zu hindern, packte er mit der Rechten den Stock des Prokuristen, den dieser mit Hut und Überzieher auf einem Sessel zurückgelassen hatte, holte mit der Linken eine große Zeitung vom Tisch und machte sich unter Füßestampfen daran, Gregor durch Schwenken des Stockes und der Zeitung in sein Zimmer zurückzutreiben. Kein Bitten Gregors half, kein Bitten wurde auch verstanden, er mochte den Kopf noch so demütig drehen, der Vater stampfte nur stärker mit den Füßen.

Drüben hatte die Mutter trotz des kühlen Wetters ein Fenster aufgerissen, und hinausgelehnt drückte sie ihr Gesicht weit außerhalb des Fensters in ihre Hände. Zwischen Gasse und Treppenhaus entstand eine starke Zugluft, die Fenstervorhänge flogen auf, die Zeitungen auf dem Tische rauschten, einzelne Blätter wehten über den Boden hin. Unerbittlich drängte der Vater und stieß Zischlaute aus, wie ein Wilder. Nun hatte aber Gregor noch gar keine Übung im Rückwärtsgehen, es ging wirklich sehr langsam. Wenn sich Gregor nur hätte umdrehen dürfen, er wäre gleich in seinem Zimmer gewesen, aber er fürchtete sich, den Vater durch die zeitraubende Umdrehung ungeduldig zu machen, und jeden Augenblick drohte ihm doch von dem Stock in des Vaters Hand der tödliche Schlag auf den Rücken oder auf den Kopf. Endlich aber blieb Gregor doch nichts anderes übrig, denn er merkte mit Entsetzen, dass er im Rückwärtsgehen nicht einmal die Richtung einzuhalten verstand; und so begann er, unter unaufhörlichen ängstlichen Seitenblicken nach dem Vater, sich nach Möglichkeit rasch, in Wirklichkeit aber doch nur sehr langsam umzudrehen. Vielleicht merkte der Vater seinen guten Willen, denn er störte ihn hierbei nicht, sondern dirigierte sogar hie und da die Drehbewegung von der Ferne mit der Spitze seines Stockes.

Wenn nur nicht dieses unerträgliche Zischen des Vaters gewesen wäre! Gregor verlor darüber ganz den Kopf. Er war schon fast ganz umgedreht, als er sich, immer auf dieses Zischen horchend, sogar irrte und sich wieder ein Stück zurückdrehte. Als er aber endlich glücklich mit dem Kopf vor der Türöffnung war, zeigte es sich, dass sein Körper zu breit war, um ohne weiteres durchzukommen. Dem Vater fiel es natürlich in seiner gegenwärtigen Verfassung auch nicht entfernt ein, etwa den anderen Türflügel zu öffnen, um für Gregor einen genügenden Durchgang zu schaffen. Seine fixe Idee war bloß, dass Gregor so rasch als möglich in sein Zimmer müsse. Niemals hätte er auch die umständlichen Vorbereitungen gestattet, die Gregor brauchte, um sich aufzurichten und vielleicht auf diese Weise durch die Tür zu kommen. Vielmehr trieb er, als gäbe es kein Hindernis, Gregor jetzt unter besonderem Lärm vorwärts; es klang schon hinter Gregor gar nicht mehr wie die Stimme bloß eines einzigen Vaters; nun gab es wirklich keinen Spaß mehr, und Gregor drängte sich – geschehe was wolle – in die Tür. Die eine Seite seines Körpers hob sich, er lag schief in der Türöffnung, seine eine Flanke war ganz wundgerieben, an der weißen Tür blieben hässliche Flecken, bald steckte er fest und hätte sich allein nicht mehr rühren können, die Beinchen auf der einen Seite hingen zitternd oben in der Luft, die auf der anderen waren schmerzhaft zu Boden gedrückt – da gab ihm der Vater von hinten einen jetzt wahrhaftig erlösenden starken Stoß, und er flog, heftig blutend, weit in sein Zimmer hinein. Die Tür wurde noch mit dem Stock zugeschlagen, dann war es endlich still.

Erster Teil der Erzählung »Die Verwandlung«

27. Januar 1922

Spindlermühle. Notwendigkeit der Unabhängigkeit von dem mit Ungeschick gemischten Unglück des doppelten Schlittens, des zerbrochenen Koffers, des wackelnden Tisches, des schlechten Lichtes, der Unmöglichkeit im Hotel nachmittag Ruhe zu haben und dergleichen. Das ist nicht zu erreichen, indem man es vernachlässigt, denn es kann nicht vernachlässigt werden, das ist nur zu erreichen durch Heranführung neuer Kräfte. Hier allerdings gibt es Überraschungen; das muss der trostloseste Mensch zugeben, es kann erfahrungsgemäß aus Nichts etwas kommen, aus dem verfallenen Schweinestall der Kutscher mit den Pferden kriechen.

Die abbröckelnden Kräfte während der Schlittenfahrt. Man kann ein Leben nicht so einrichten wie ein Turner den Handstand.

Merkwürdiger, geheimnisvoller, vielleicht gefährlicher, vielleicht erlösender Trost des Schreibens: das Hinausspringen aus der Totschlägerreihe, Tat-Beobachtung. Tatbeobachtung, indem eine höhere Art der

Beobachtung geschaffen wird, eine höhere, keine schärfere, und je höher sie ist, je unerreichbarer von der »Reihe« aus, desto unabhängiger wird sie, desto mehr eigenen Gesetzen der Bewegung folgend, desto unberechenbarer, freudiger, steigender ihr Weg.

Trotzdem ich dem Hotel deutlich meinen Namen geschrieben habe, trotzdem auch sie mir zweimal schon richtig geschrieben haben, steht doch unten auf der Tafel *Josef K.* Soll ich sie aufklären: oder soll ich mich von ihnen aufklären lassen?

27. Januar 1922

Brief an den Vater

Liebster Vater,

Du hast mich letzthin einmal gefragt, warum ich behaupte, ich hätte Furcht vor Dir. Ich wusste Dir, wie gewöhnlich, nichts zu antworten, zum Teil eben aus der Furcht, die ich vor Dir habe, zum Teil deshalb, weil zur Begründung dieser Furcht zu viele Einzelheiten gehören, als dass ich sie im Reden halbwegs zusammenhalten könnte. Und wenn ich hier versuche Dir schriftlich zu antworten, so wird es doch nur sehr unvollständig sein, weil auch im Schreiben die Furcht und ihre Folgen mich Dir gegenüber behindern und weil überhaupt die Größe des Stoffs über mein Gedächtnis und meinen Verstand weit hinausgeht.

Dir hat sich die Sache immer sehr einfach dargestellt, wenigstens soweit Du vor mir und, ohne Auswahl, vor vielen andern davon gesprochen hast. Es schien Dir etwa so zu sein: Du hast Dein ganzes Leben lang schwer gearbeitet, alles für Deine Kinder, vor allem für mich geopfert, ich habe infolgedessen »in Saus und Braus« gelebt, habe vollständige Freiheit gehabt zu lernen, was ich wollte, habe keinen Anlass zu Nahrungssorgen, also zu Sorgen überhaupt gehabt; Du hast dafür keine Dankbarkeit verlangt, Du kennst »die Dankbarkeit der Kinder«, aber doch wenigstens irgendein Entgegenkommen, Zeichen eines Mitgefühls; stattdessen habe ich mich seit jeher vor Dir verkrochen, in mein Zimmer, zu Büchern, zu verrückten Freunden, zu überspannten Ideen; offen gesprochen habe ich mit Dir niemals, in den Tempel ~~das ist Kindespflicht~~ (ich wollte solche Erklärungen schreiben Milena, aber ich bringe es nicht über mich den Brief darauf hin noch einmal zu lesen, die Hauptsache bleibt ja verständlich) bin ich nicht zu Dir gekommen, in Franzensbad habe ich Dich nie besucht, auch sonst nie Familiensinn gehabt, für das Geschäft und Deine sonstigen Angelegenheiten habe ich mich nicht gekümmert, die Fabrik habe ich Dir aufgehalst und Dich dann verlassen, Ottla habe ich in ihrem Eigensinn unterstützt und während ich für Dich keinen Finger rühre (nicht einmal eine Theaterkarte bringe ich Dir) tue ich für Fremde alles. Fasst Du Dein Urteil über mich zusammen, so ergibt sich, dass Du mir zwar etwas geradezu Unanständiges oder Böses nicht vorwirfst (mit Ausnahme vielleicht meiner letzten Heiratsabsicht), aber Kälte, Fremdheit, Undankbarkeit. Und zwar wirfst Du es mir so vor, als wäre es meine Schuld, als hätte ich etwa mit einer Steuerdrehung das Ganze anders einrichten können, während Du nicht die geringste Schuld daran hast, es wäre wäre denn die, dass Du zu gut zu mir gewesen bist.

Diese Deine übliche Darstellung halte ich nur soweit für richtig, dass auch ich glaube, Du seist gänzlich schuldlos an unserer Entfremdung. Aber ebenso gänzlich schuldlos bin auch ich. Könnte ich Dich dazu bringen, dass Du das anerkennst, dann wäre – nicht etwa ein neues Leben möglich, dazu sind wir beide viel zu alt, aber doch eine Art Friede, kein Aufhören, aber doch ein Mildern Deiner unaufhörlichen Vorwürfe.

Irgendeine Ahnung dessen, was ich sagen will, hast Du merkwürdigerweise. So hast Du mir z. B. vor Kurzem gesagt: »Ich habe Dich immer gern gehabt, wenn ich auch äußerlich nicht so zu Dir war wie andere Väter zu sein pflegen, eben deshalb weil ich mich nicht verstellen kann, wie andere.« Nun habe ich, Vater, im Ganzen niemals an Deiner Güte mir gegenüber gezweifelt, aber diese Bemerkung halte ich für unrichtig. Du kannst Dich nicht verstellen, das ist richtig, aber nur aus diesem Grunde behaupten wollen, dass die andern Väter sich verstellen, ist entweder bloße, nicht weiter diskutierbare Rechthaberei oder aber – und das ist es meiner Meinung nach wirklich – der verhüllte Ausdruck dafür, dass zwischen uns etwas nicht in Ordnung ist und dass Du es mitverursacht hast, aber ohne Schuld. Meinst Du das wirklich, dann sind wir einig.

Ich sage ja natürlich nicht, dass ich das, was ich bin, nur durch Deine Einwirkung geworden bin. Das wäre sehr übertrieben (und ich neige sogar zu dieser Übertreibung). Es ist sehr leicht möglich, dass ich, selbst wenn ich ganz frei von Deinem Einfluss aufgewachsen wäre, doch kein Mensch nach Deinem Herzen hätte werden können. Ich wäre wahrscheinlich doch ein schwächlicher, ängstlicher, zögernder, unruhiger Mensch geworden, weder Robert Kafka, noch Karl Hermann, aber doch ganz anders, als ich wirklich bin und wir hätten uns ausgezeichnet miteinander vertragen können. Ich wäre glücklich gewesen, Dich als Freund, als Chef, als Onkel, als Großvater, ja selbst (wenn auch schon zögernder) als Schwiegervater zu haben. Nur eben als Vater warst Du zu stark für mich, besonders da meine Brüder klein starben, die Schwestern erst lange nachher kamen, ich also den ersten Stoß ganz allein aushalten, dazu war ich viel zu schwach. Vergleiche uns beide: Ich, um es sehr abgekürzt auszudrücken, ein Löwy mit einem gewissen Kafka'schen Fond, der aber eben nicht durch den Kafka'schen Lebens-, Geschäfts-, Eroberungswillen in Bewegung gesetzt wird, sondern durch einen Löwy'schen Stachel, der geheimer, scheuer, in anderer Richtung wirkt und oft überhaupt aussetzt. Du dagegen ein wirklicher Kafka an Stärke, Gesundheit, Appetit, Stimmkraft, Rede-begabung, Selbstzufriedenheit, Weltüberlegenheit, Ausdauer, Geistesgegenwart, Menschenkenntnis, einer gewissen Großzügigkeit, natürlich auch mit allen zu diesen Vorzügen gehörigen Fehlern und Schwächen, in welche Dich Dein Temperament und manchmal Dein Jähzorn hineinhetzen. Nicht ganzer Kafka bist Du vielleicht in Deiner allgemeinen Weltansicht, soweit ich Dich mit Onkel Philipp, Ludwig, Heinrich vergleichen kann. Das ist merkwürdig, ich sehe hier auch nicht ganz klar. Sie waren doch alle fröhlicher, frischer, ungezwungener, leichtlebiger, weniger streng als Du. (Darin habe ich übrigens viel von Dir geerbt und das Erbe viel zu gut verwaltet, ohne allerdings die nötigen Gegengewichte in meinem Wesen zu haben, wie Du sie hast.) Doch hast auch andererseits Du in dieser Hinsicht verschiedene Zeiten durchgemacht, warst vielleicht fröhlicher, ehe Dich Deine Kinder, besonders ich, enttäuschten und zu Hause bedrückten (kamen Fremde, warst Du ja anders) und bist auch jetzt vielleicht wieder fröhlicher geworden, da Dir die Enkel und der Schwiegersohn wieder etwas von jener Wärme geben, die Dir die Kinder, bis auf Valli vielleicht, nicht geben konnten. Jedenfalls waren wir so verschieden und in dieser Verschiedenheit einander so gefährlich, dass, wenn man es hätte etwa im Voraus ausrechnen wollen, wie ich, das langsam sich entwickelnde Kind, und Du, der fertige Mann, sich zueinander verhalten werden, man hätte annehmen können, dass Du mich einfach niederstampfen wirst, dass nichts von mir übrig bleibt. Das ist nun nicht geschehn, das Lebendige lässt sich nicht ausrechnen, aber vielleicht ist ärgeres geschehn. Wobei ich Dich aber immerfort bitte, nicht zu vergessen, dass ich niemals im Entferntesten an eine Schuld Deinerseits glaube. Du wirktest so auf mich, wie Du wirken musstest, nur sollst Du aufhören, es für eine besondere Bosheit meinerseits zu halten, dass ich dieser Wirkung erlegen bin. Ich war ein ängstliches Kind, trotzdem war ich gewiss auch störrisch, wie Kinder sind, gewiss verwöhnte mich die Mutter auch, aber ich kann nicht glauben, dass ich besonders schwer lenkbar war, ich kann nicht glauben, dass ein freundliches Wort, ein stilles Bei-der-Hand-nehmen, ein guter Blick mir nicht alles hätten abfordern können, was man wollte. Nun bist Du ja im Grunde ein gütiger und weicher Mensch (das Folgende wird dem nicht widersprechen, ich rede ja nur von der Erscheinung, in der Du auf das Kind wirktest) aber nicht jedes Kind hat die Ausdauer und Unerschrockenheit, solange zu suchen, bis es zu der Güte kommt. Du kannst ein Kind nur so behandeln, wie Du eben selbst geschaffen bist, mit Kraft, Lärm und Jähzorn und in diesem Fall schien Dir das auch noch überdies deshalb sehr gut geeignet, weil Du einen kräftigen mutigen Jungen in mir aufziehn wolltest.

Deine Erziehungsmittel in den allererersten Jahren kann ich heute natürlich nicht unmittelbar beschreiben, aber ich kann sie mir etwa vorstellen durch Rückschluss aus den späteren Jahren und aus Deiner Behandlung des Felix. Hiebei kommt verschärfend in Betracht, dass Du damals jünger, daher frischer, wilder, ursprünglicher, noch unbekümmerter warst als heute und dass Du außerdem ganz an das Geschäft gebunden warst, kaum einmal des Tages Dich mir zeigen konntest und deshalb einen umso tieferen Eindruck auf mich machtest, der sich kaum je zur Gewöhnung verflachte.

Direkt erinnere ich mich nur an einen Vorfall aus den ersten Jahren, Du erinnerst Dich vielleicht auch daran. Ich winselte einmal in der Nacht immerfort um Wasser, gewiss nicht aus Durst, sondern wahrscheinlich teils um zu ärgern, teils um mich zu unterhalten. Nachdem einige starke Drohungen nicht geholfen hatten, nahmst Du mich aus dem Bett, trugst mich auf die Pawlatsche[1] und ließest mich dort allein vor der geschlossenen Tür ein Weilchen im Hemd stehn. Ich will nicht sagen, dass das unrichtig war, vielleicht war damals die Nachtruhe auf andere Weise wirklich nicht zu verschaffen, ich will aber damit Deine Erziehungsmittel und ihre Wirkung auf mich charakterisieren. Ich war damals nachher wohl schon folgsam, aber ich hatte einen innern Schaden davon. Das für mich Selbstverständliche des sinnlosen Ums-Wasser-bittens und das außerordentlich Schreckliche des Hinausgetragenwerdens konnte ich meiner Natur nach niemals in die richtige Verbindung bringen. Noch nach Jahren litt ich unter der quälenden Vorstellung, dass der riesige Mann, mein Vater, die letzte Instanz fast ohne Grund kommen und mich in der Nacht aus dem Bett auf die Pawlatsche tragen konnte und dass ich also ein solches Nichts für ihn war.

[1] Offener Hauseingang (Anm. d. Hrsg.)

Das war damals ein kleiner Anfang nur, aber dieses mich oft beherrschende Gefühl der Nichtigkeit (ein in anderer Hinsicht allerdings auch edles und fruchtbares Gefühl) stammt vielfach von Deinem Einfluss. Ich hätte ein wenig Aufmunterung, ein wenig Freundlichkeit, ein wenig Offenhalten meines Wegs gebraucht, stattdessen verstelltest Du mir, in der guten Absicht freilich, dass ich einen andern Weg gehen sollte. Aber dazu taugte ich nicht. Du muntertest mich z. B. auf, wenn ich gut salutierte und marschierte, aber ich war kein künftiger Soldat, oder Du muntertest mich auf, wenn ich kräftig essen und sogar Bier dazu trinken konnte, oder wenn ich unverstandene Lieder nachsingen oder Deine Lieblingsredensarten Dir nachplappern konnte, aber nichts davon gehörte zu meiner Zukunft. Und es ist bezeichnend, dass Du selbst heute mich nur dann eigentlich in etwas aufmunterst, wenn Du selbst in Mitleidenschaft gezogen bist, wenn es sich um Dein Selbstgefühl handelt, das ich verletze (z. B. durch meine Heiratsabsicht) oder das in mir verletzt wird (wenn z. B. Pepa mich beschimpft). Dann werde ich aufgemuntert, an meinen Wert erinnert, auf die Partien hingewiesen, die ich zu machen berechtigt wäre und Pepa wird vollständig verurteilt. Aber abgesehen davon, dass ich für Aufmunterung in meinem jetzigen Alter schon fast unzugänglich bin, was würde sie mir auch helfen, wenn sie nur dann eintritt, wo es nicht in erster Reihe um mich geht.

Damals und damals überall hätte ich die Aufmunterung gebraucht. Ich war ja schon niedergedrückt durch Deine bloße Körperlichkeit. Ich erinnere mich z. B. daran, wie wir uns öfters zusammen in einer Kabine auszogen. Ich mager, schwach, schmal, Du stark, groß, breit. Schon in der Kabine kam ich mir jämmerlich vor und zwar nicht nur vor Dir, sondern vor der ganzen Welt, denn Du warst für mich das Maß aller Dinge. Traten wir dann aber aus der Kabine vor die Leute hinaus, ich an Deiner Hand, ein kleines Gerippe, unsicher, bloßfüßig auf den Planken, in Angst vor dem Wasser, unfähig Deine Schwimmbewegungen nachzumachen, die Du mir in guter Absicht, aber tatsächlich zu meiner tiefen Beschämung immerfort vormachtest, dann war ich sehr verzweifelt und alle meine schlimmen Erfahrungen auf allen Gebieten stimmten in solchen Augenblicken großartig zusammen. Am wohlsten war mir noch, wenn Du Dich manchmal zuerst auszogst und ich allein in der Kabine bleiben und die Schande des öffentlichen Auftretens solange hinauszögern konnte, bis Du endlich nachschauen kamst und mich aus der Kabine triebst. Dankbar war ich Dir dafür, dass Du meine Not nicht zu bemerken schienest, auch war ich stolz auf den Körper meines Vaters. Übrigens besteht zwischen uns dieser Unterschied heute noch ähnlich.

Dem entsprach weiter Deine geistige Oberherrschaft. Du hattest Dich allein durch eigene Kraft so hoch hinaufgearbeitet, infolgedessen hattest Du unbeschränktes Vertrauen zu Deiner Meinung. Das war für mich als Kind nicht einmal so blendend wie später für den heranwachsenden jungen Menschen. In Deinem Lehnstuhl regiertest Du die Welt. Deine Meinung war richtig, jede andere war verrückt, überspannt, meschugge, nicht normal. Dabei war Dein Selbstvertrauen so groß, dass Du gar nicht konsequent sein musstest und doch nicht aufhörtest Recht zu haben. Es konnte auch vorkommen, dass Du in einer Sache gar keine Meinung hattest und infolgedessen alle Meinungen, die hinsichtlich der Sache überhaupt möglich waren, ohne Ausnahme falsch sein mussten. Du konntest z. B. auf die Tschechen schimpfen, dann auf die Deutschen, dann auf die Juden, und zwar nicht nur in Auswahl, sondern in jeder Hinsicht, und schließlich blieb niemand mehr übrig außer Dir. Du bekamst für mich das Rätselhafte, das alle Tyrannen haben, deren Recht auf ihrer Person, nicht auf dem Denken begründet ist. Wenigstens schien es mir so.

Nun behieltest Du ja mir gegenüber tatsächlich erstaunlich oft recht, im Gespräch war das selbstverständlich, denn zum Gespräch kam es kaum, aber auch in Wirklichkeit. Doch war auch das nichts besonders Unbegreifliches. Ich stand ja in allem meinem Denken unter Deinem schweren Druck, auch in dem Denken, das nicht mit dem Deinen übereinstimmte und besonders in diesem. Alle diese von Dir scheinbar unabhängigen Gedanken waren von Anfang an belastet mit Deinem absprechenden Urteil; bis zur vollständigen und dauernden Ausführung des Gedankens das zu ertragen, war fast unmöglich. Ich rede hier nicht von irgendwelchen hohen Gedanken, sondern von jedem kleinen Unternehmen der Kinderzeit. Man musste nur über irgendeine Sache glücklich sein, von ihr erfüllt sein, nach Hause kommen und es aussprechen und die Antwort war ein ironisches Seufzen, ein Kopfschütteln, ein Fingerklopfen auf den Tisch: »Hab auch schon etwas Schöneres gesehn« oder »Mir gesagt, Deine Sorgen« oder »Ich hab keinen so geruhten Kopf« oder »Kein Ereignis!« oder »Kauf Dir was dafür!«. Natürlich konnte man nicht für jede Kinderkleinigkeit Begeisterung von Dir verlangen, wenn Du in Sorge und Plage lebtest. Darum handelte es sich auch nicht. Es handelte sich vielmehr darum, dass Du solche Enttäuschungen dem Kinde immer und grundsätzlich bereiten musstest kraft Deines gegensätzlichen Wesens, weiter dass dieser Gegensatz durch Aufhäufung des Materials sich unaufhörlich verstärkte, so dass er sich schließlich auch gewohnheitsmäßig geltend machte, wenn Du einmal der gleichen Meinung warst wie ich und dass endlich diese Enttäuschungen des Kindes nicht Enttäuschungen des gewöhnlichen Lebens waren, sondern, da es ja um Deine für alles maßgebende Person ging, im Kern trafen. Der Mut, die Entschlossenheit, die Zuversicht, die Freude an dem und jenem hielten nicht bis zum Ende aus, wenn Du dagegen warst oder schon wenn Deine

Gegnerschaft bloß angenommen werden konnte; und angenommen konnte sie wohl bei fast allem werden, was ich tat.

Das bezog sich auf Gedanken so gut wie auf Menschen. Es genügte, dass ich an einem Menschen ein wenig Interesse hatte – es geschah ja infolge meines Wesens nicht sehr oft – dass Du schon ohne jede Rücksicht auf mein Gefühl und ohne Achtung vor meinem Urteil mit Beschimpfung, Verleumdung, Entwürdigung dreinfuhrst. Unschuldige, kindliche Menschen wie z. B. der jiddische Schauspieler Löwy mussten das büßen. Ohne ihn zu kennen, verglichst Du ihn in einer schrecklichen Weise, die ich schon vergessen habe, mit Ungeziefer, und wie so oft für Leute, die mir lieb waren, hattest Du automatisch das Sprichwort von den Hunden und Flöhen bei der Hand. An den Schauspieler erinnere ich mich hier besonders, weil ich Deine Aussprüche über ihn damals mir mit der Bemerkung notierte: »So spricht mein Vater über meinen Freund (den er gar nicht kennt) nur deshalb, weil er mein Freund ist. Das werde ich ihm immer entgegenhalten können, wenn er mir Mangel an kindlicher Liebe und Dankbarkeit vorwerfen wird.« Unverständlich war mir immer Deine vollständige Empfindungslosigkeit dafür, was für Leid und Schande Du mit Deinen Worten und mir zufügen konntest, es war, als hättest Du keine Ahnung von Deiner Macht. Auch ich habe Dich sicher oft mit Worten gekränkt, aber dann wusste ich es immer, es schmerzte mich, aber ich konnte mich nicht beherrschen, das Wort nicht zurückhalten, ich bereute es schon, während ich es sagte. Du aber schlugst mit Deinen Worten ohne weiters los, niemand tat Dir leid, nicht währenddessen, nicht nachher, man war gegen Dich vollständig wehrlos.

Aber so war Deine ganze Erziehung. Du hast, glaube ich, ein Erziehungstalent; einem Menschen Deiner Art hättest Du durch Erziehung gewiss nützen können; er hätte die Vernünftigkeit dessen, was Du ihm sagtest, eingesehn, sich um nichts weiteres gekümmert und die Sachen ruhig so ausgeführt. Für mich als Kind war alles, was was Du mir zuriefst, geradezu Himmelsgebot, ich vergaß es nie, es blieb mir das wichtigste Mittel zur Beurteilung der Welt, vor allem zur Beurteilung Deiner selbst, und da versagtest Du vollständig. Da ich als Kind hauptsächlich beim Essen mit Dir beisammen war, war Dein Unterricht zum großen Teil Unterricht im richtigen Benehmen bei Tisch. Was auf den Tisch kam, musste aufgegessen, über die Güte des Essens durfte nicht gesprochen werden – Du aber fandest das Essen oft ungenießbar nanntest es »das Fressen«, das »Vieh« (die Köchin) hatte es verdorben. Weil Du entsprechend Deinem kräftigen Hunger und Deiner besonderen Vorliebe alles schnell, heiß und in großen Bissen gegessen hast, musste sich das Kind beeilen, düstere Stille war bei Tisch, unterbrochen von Ermahnungen: »zuerst iss, dann sprich« oder »schneller, schneller, schneller« oder »siehst Du, ich habe schon längst aufgegessen«. Knochen durfte man nicht zerbeißen, Du ja. Essig durfte man nicht schlürfen, Du ja. Die Hauptsache war, dass man das Brot gerade schnitt; dass Du das aber mit einem von Soße triefenden Messer tatest, war gleichgültig. Man musste achtgeben, dass keine Speisereste auf den Boden fielen, unter Dir lag schließlich am meisten. Bei Tisch durfte man sich nur mit Essen beschäftigen, Du aber putztest und schnittest Dir die Nägel, spitztest Bleistifte, reinigtest mit dem Zahnstocher die Ohren. Bitte, Vater, verstehe mich recht, das wären an sich vollständig unbedeutende Einzelheiten gewesen, niederdrückend wurden sie für mich erst dadurch, dass Du, der für mich so ungeheuer maßgebende Mensch, Dich selbst an die Gebote nicht hieltest, die Du mir auflegtest. Dadurch wurde die Welt für mich in drei Teile geteilt, in einen, wo ich, der Sklave, lebte, unter Gesetzen, die nur für mich erfunden waren und denen ich überdies, ich wusste nicht warum, niemals völlig entsprechen konnte, dann in eine zweite Welt, die unendlich von meiner entfernt war, in der Du lebtest, beschäftigt mit der Regierung, mit dem Ausgeben der Befehle und mit dem Ärger wegen deren Nichtbefolgung, und schließlich in eine dritte Welt, wo die übrigen Leute glücklich und frei von Befehlen und Gehorchen lebten. Ich war immerfort in Schande, entweder befolgte ich Deine Befehle, das war Schande, denn sie galten ja nur für mich; oder ich war trotzig, das war auch Schande, denn wie durfte ich Dir gegenüber trotzig sein, oder ich konnte nicht folgen, weil ich z. B. nicht Deine Kraft, nicht Deinen Appetit, nicht Deine Geschicklichkeit hatte, trotzdem Du es als etwas Selbstverständliches von mir verlangtest; das war allerdings die größte Schande. In dieser Weise bewegten sich nicht die Überlegungen, aber das Gefühl des Kindes.

Meine damalige Lage wird vielleicht deutlicher, wenn ich sie mit der von Felix vergleiche. Auch ihn behandelst Du ja ähnlich, ja wendest sogar ein besonders fürchterliches Erziehungsmittel gegen ihn an, indem Du, wenn er beim Essen etwas Deiner Meinung nach Unreines macht, Dich nicht damit begnügst, wie damals zu mir zu sagen: »Du bist ein großes Schwein«, sondern noch hinzufügst: »ein echter Hermann« oder »genau, wie Dein Vater«. Nun schadet das aber vielleicht – mehr als »vielleicht« kann man nicht sagen – dem Felix wirklich nicht wesentlich, denn für ihn bist Du eben nur ein allerdings besonders bedeutender Großvater, aber doch nicht alles, wie Du es für mich gewesen bist, außerdem ist Felix ein ruhiger, schon jetzt gewissermaßen männlicher Charakter, der sich durch eine Donnerstimme vielleicht verblüffen, aber nicht für die Dauer bestimmen lässt, vor allem aber ist er doch nur verhältnismäßig selten mit Dir beisammen, steht ja auch unter anderen Einflüssen, Du bist ihm mehr etwas liebes Kurioses, aus dem er auswählen kann, was er sich nehmen will. Mir warst Du nichts Kurioses, ich konnte nicht auswählen, ich musste alles nehmen.

Und zwar ohne etwas dagegen vorbringen zu können, denn es ist Dir von vornherein nicht möglich ruhig über eine Sache zu sprechen, mit der Du nicht einverstanden bist oder die bloß nicht von Dir ausgeht; Dein herrisches Temperament lässt das nicht zu. In den letzten Jahren erklärst Du das durch Deine Herznervosität, ich wüsste nicht, dass Du jemals wesentlich anders gewesen bist, höchstens ist Dir die Herznervosität ein Mittel zur strengeren Ausübung der Herrschaft, da der Gedanke daran die letzte Widerrede im anderen ersticken muss. Das ist natürlich kein Vorwurf, nur Feststellung einer Tatsache. »Man kann ja mit ihr gar nicht sprechen, sie springt einem gleich ins Gesicht« pflegst Du zu sagen, aber in Wirklichkeit springt sie ursprünglich gar nicht; Du verwechselst die Sache mit der Person; die Sache springt Dir ins Gesicht und Du entscheidest sie sofort ohne Anhören der Person; was nachher noch vorgebracht wird, kann Dich nur weiter reizen, niemals überzeugen. Dann hört man von Dir nur noch: »Mach, was Du willst; von mir aus bist Du frei; Du bist großjährig; ich habe Dir keine Ratschläge zu geben« und alles das mit dem fürchterlichen heiseren Unterton des Zornes und der vollständigen Verurteilung, vor dem ich heute nur deshalb weniger zittere als in der Kinderzeit, weil das ausschließliche Schuldgefühl des Kindes zum Teil ersetzt ist durch den Einblick in unser beider Hilflosigkeit.

Die Unmöglichkeit des ruhigen Verkehrs hatte noch eine weitere eigentlich sehr natürliche Folge: ich verlernte das Reden. Ich wäre ja wohl auch sonst kein großer Redner geworden, aber die gewöhnlich fließende menschliche Sprache hätte ich doch beherrscht. Du hast mir aber schon früh das Wort verboten. Deine Drohung: »Kein Wort der Widerrede!« und die dazu erhobene Hand begleiten mich schon seit jeher. Ich bekam vor Dir – Du bist, sobald es um Deine Dinge geht, ein ausgezeichneter Redner – eine stockende, stotternde Art des Sprechens, auch das war Dir noch zu viel, schließlich schwieg ich, zuerst vielleicht aus Trotz, dann weil ich vor Dir weder denken, noch reden konnte. Und weil Du mein eigentlicher Erzieher warst, wirkte das überall in meinem Leben nach. Es ist überhaupt ein merkwürdiger Irrtum, wenn Du glaubst, ich hätte mich Dir nie gefügt. »Immer alles contra« ist wirklich nicht mein Lebensgrundsatz Dir gegenüber gewesen, wie Du glaubst und mir vorwirfst. Im Gegenteil: Hätte ich Dir weniger gefolgt, Du wärest sicher viel zufriedener mit mir. Vielmehr haben alle Deine Erziehungsmaßnahmen genau getroffen; keinem Griff bin ich ausgewichen; so wie ich bin, bin ich (von den Grundlagen und der Einwirkung des Lebens natürlich abgesehn) das Ergebnis Deiner Erziehung und meiner Folgsamkeit. Dass dieses Ergebnis Dir trotzdem peinlich ist, ja dass Du Dich unbewusst weigerst, es als Dein Erziehungsergebnis anzuerkennen, liegt eben daran, dass Deine Hand und mein Material einander so fremd gewesen sind. Du sagtest: »Kein Wort der

Widerrede!« und wolltest damit die Dir unangenehmen Gegenkräfte in mir zum Schweigen bringen, diese Einwirkung war aber für mich zu stark, ich war zu folgsam, ich verstummte gänzlich, verkroch mich vor Dir, und wagte mich erst zu regen, wenn ich so weit von Dir entfernt war, dass Deine Macht, wenigstens direkt, nicht mehr hinreichte. Du aber standst davor, und alles schien Dir wieder »contra« zu sein, während es nur selbstverständliche Folge Deiner Stärke und meiner Schwäche war.

Deine äußerst wirkungsvollen, wenigstens mir gegenüber niemals versagenden rednerischen Mittel bei der Erziehung waren: Schimpfen, Drohen, Ironie, böses Lachen und – merkwürdigerweise – Selbstbeklagung.

Dass Du mich direkt und mit ausdrücklichen Schimpfwörtern beschimpft hättest, kann ich mich nicht erinnern. Es war auch nicht nötig, Du hattest so viele andere Mittel, auch flogen im Gespräch zu Hause und besonders im Geschäft die Schimpfwörter rings um mich in solchen Mengen auf andere nieder, dass ich als kleiner Junge manchmal davon fast betäubt war und keinen Grund hatte, sie nicht auch auf mich zu beziehn, denn die Leute, die Du beschimpftest, waren gewiss nicht schlechter als ich und Du warst gewiss mit ihnen nicht unzufriedener als mit mir. Und auch hier war wieder Deine rätselhafte Unschuld und Unangreifbarkeit, Du schimpftest ohne Dir irgendwelche Bedenken deshalb zu machen, ja Du verurteiltest das Schimpfen bei anderen und verbotest es.

Das Schimpfen verstärktest Du mit Drohen und das galt nun auch schon mir. Schrecklich war mir z. B. dieses: »Ich zerreiße Dich wie einen Fisch«, trotzdem ich ja wusste, dass dem nichts Schlimmeres nachfolgte (als kleines Kind wusste ich das allerdings nicht) aber es entsprach fast meinen Vorstellungen von Deiner Macht, dass Du auch das imstande gewesen wärest. Schrecklich war es auch, wenn Du schreiend um den Tisch herumliefst, um einen zu fassen, offenbar gar nicht fassen wolltest, aber doch so tatest und die Mutter einen schließlich scheinbar rettete. Wieder hatte man einmal, so schien es dem Kind, das Leben durch Deine Gnade behalten und trug es als Dein unverdientes Geschenk weiter. Hierher gehören auch die Drohungen wegen der Folgen des Ungehorsams. Wenn ich etwas zu tun anfing, was Dir nicht gefiel und Du drohtest mir mit dem Misserfolg, so war die Ehrfurcht vor Deiner Meinung so groß, dass damit der Misserfolg, wenn auch vielleicht erst für eine spätere Zeit, unaufhaltsam war. Ich verlor das Vertrauen zu eigenem Tun. Ich war unbeständig, zweifelhaft. Je älter ich wurde, desto größer war das Material, das Du mir zum Beweis meiner Wertlosigkeit entgegenhalten konntest, allmählich bekamst Du in gewisser Hinsicht wirklich Recht. Wieder hüte ich mich zu behaupten, dass ich nur durch Dich so wurde; Du verstärktest nur, was war, aber Du verstärktest es sehr, weil Du eben mir gegenüber sehr mächtig warst und alle Macht dazu verwendetest.

Ein besonderes Vertrauen hattest Du zur Erziehung durch Ironie, sie entsprach auch am besten Deiner Überlegenheit über mich. Eine Ermahnung hatte bei Dir gewöhnlich diese Form: »Kannst Du das nicht so und so machen? Das ist Dir wohl schon zu viel? Dazu hast Du natürlich keine Zeit?« und ähnlich. Dabei jede solche Frage begleitet von bösem Lachen und bösem Gesicht. Man wurde gewissermaßen schon bestraft, ehe man noch wusste, dass man etwas Schlechtes getan hatte. Aufreizend waren auch jene Zurechtweisungen, wo man als dritte Person behandelt, also nicht einmal des bösen Ansprechens gewürdigt wurde; wo Du also etwa formell zur Mutter sprachst, aber eigentlich zu mir, der dabei saß z. B. »Das kann man vom Herrn Sohn natürlich nicht haben« und dergleichen. (Das bekam dann sein Gegenspiel darin, dass ich z. B. nicht wagte und später aus Gewohnheit gar nicht mehr daran dachte, Dich direkt zu fragen, wenn die Mutter dabei war. Es war dem Kind viel ungefährlicher, die neben Dir sitzende Mutter über Dich auszufragen, man fragte dann die Mutter: »Wie geht es dem Vater?« und sicherte sich so vor Überraschungen.) Es gab natürlich auch Fälle, wo man mit der ärgsten Ironie sehr einverstanden war, nämlich wenn sie einen anderen betraf z. B. die Elli, mit der ich jahrelang böse war. Es war für mich ein Fest der Bosheit und Schadenfreude, wenn es von ihr fast bei jedem Essen etwa hieß: »Zehn Meter weit vom Tisch muss sie sitzen, die breite Mad« und wenn Du dann böse auf Deinem Sessel, ohne die leiseste Spur von Freundlichkeit oder Laune, sondern als erbitterter Feind übertrieben ihr nachzumachen suchtest, wie äußerst widerlich für Deinen Geschmack sie das aß. Wie oft hat sich das und ähnliches wiederholen müssen, wie wenig hast Du im Tatsächlichen dadurch erreicht. Ich glaube, es lag daran, dass der Aufwand von Zorn und Bösesein zur Sache selbst in keinem richtigen Verhältnis zu sein schien, man hatte nicht das Gefühl, dass der Zorn durch diese Kleinigkeit des Weit-vom-Tische-sitzens erzeugt sei, sondern dass er in seiner ganzen Größe von vornherein vorhanden war und nur zufällig gerade diese Sache als Anlass zum Losbrechen genommen habe. Da man überzeugt war, dass sich ein Anlass jedenfalls finden würde, nahm man sich nicht besonders zusammen, auch stumpfte man unter der fortwährenden Drohung ab; dass man nicht geprügelt wurde, dessen war man ja allmählich fast sicher. Man wurde ein mürrisches, unaufmerksames, ungehorsames Kind, immer auf eine Flucht, meist eine innere bedacht. So littest Du, so litten wir. Du hattest von Deinem Standpunkt ganz recht, wenn Du mit zusammengebissenen Zähnen und dem gurgelnden Lachen, welches dem Kind zum ersten Mal höllische Vorstellungen vermittelt hatte, bitter zu sagen pflegtest (wie erst letzthin wegen eines Konstantinopler Briefes): »Das ist eine Gesellschaft!«

Ganz unverträglich mit dieser Stellung zu Deinen Kindern schien es zu sein, wenn Du, was ja sehr oft geschah, öffentlich Dich beklagtest. Ich gestehe, dass ich als Kind (später wohl) dafür gar kein Gefühl hatte und nicht verstand, wie Du überhaupt erwarten konntest, Mitgefühl zu finden. Du warst so riesenhaft in jeder Hinsicht was konnte Dir an unserem Mitleid liegen oder gar an unserer Hilfe. Die musstest Du doch eigentlich verachten, wie uns selbst so oft. Ich glaubte daher den Klagen nicht und suchte irgendeine geheime Absicht hinter ihnen. Erst später begriff ich, dass Du wirklich durch die Kinder sehr littest, damals aber, wo die Klagen noch unter anderen Umständen einen kindlichen, offenen, bedenkenlosen, zu jeder Hilfe bereiten Sinn hätten antreffen können, mussten sie mir wieder nur überdeutliche Erziehungs- und Demütigungsmittel sein, als solche an sich nicht sehr stark, aber mit der schädlichen Nebenwirkung, dass das Kind sich gewöhnte, gerade Dinge nicht sehr ernst zu nehmen, die es ernst hätte nehmen sollen.

Es gab glücklicherweise davon allerdings auch Ausnahmen meistens wenn Du schweigend littest und Liebe und Güte mit ihrer Kraft alles Entgegenstehende überwand und unmittelbar ergriff. Selten war das allerdings, aber es war wunderbar. Etwa wenn ich Dich früher in heißen Sommern mittags nach dem Essen im Geschäft müde ein wenig schlafen sah, den Ellbogen auf dem Pult, oder wenn Du Sonntags abgehetzt zu uns in die Sommerfrische kamst; oder wenn Du bei einer schweren Krankheit der Mutter zitternd vom Weinen Dich am Bücherkasten festhieltest; oder wenn Du während meiner letzten Krankheit leise zu mir in Ottlas Zimmer kamst, auf der Schwelle bliebst, nur den Hals strecktest, um mich im Bett zu sehn, und aus Rücksicht nur mit der Hand grüßtest. Zu solchen Zeiten legte man sich hin und weinte vor Glück und weint jetzt wieder, während man es schreibt.

Du hast auch eine besonders schöne, sehr selten zu sehende Art eines stillen, zufriedenen, gutheißenden Lächelns, das den, dem es gilt, ganz glücklich machen kann. Ich kann mich nicht erinnern, dass es in meiner Kindheit ausdrücklich mir zuteil geworden wäre, aber es dürfte wohl geschehen sein, denn warum solltest Du es mir damals verweigert haben, da ich Dir noch unschuldig schien und Deine große Hoffnung war. Übrigens haben auch solche freundliche Eindrücke auf die Dauer nichts anderes erzielt, als mein Schuldbewusstsein vergrößert und die Welt mir noch unverständlicher gemacht.

Lieber hielt ich mich ans Tatsächliche und Fortwährende. Um mich Dir gegenüber nur ein wenig zu behaupten, zum Teil auch aus einer Art Rache, fing ich bald an kleine Lächerlichkeiten, die ich an Dir bemerkte, zu beobachten, zu sammeln, zu übertreiben. Wie Du z. B. leicht Dich von meist nur scheinbar höher stehenden Personen blenden ließest und davon immerfort erzählen konntest, etwa von irgendeinem kaiserlichen Rat oder dergleichen (andererseits tat mir etwas derartiges auch weh, dass Du, mein Vater, solche nichtige Bestätigungen Deines Wertes zu brauchen glaubtest und mit ihnen groß tatest). Oder ich beobachtete Deine Vorliebe für unanständige, möglichst laut herausgebrachte Redensarten, über die Du lachtest, als hättest Du etwas besonders Vortreffliches gesagt, während es eben nur eine platte, kleine Unanständigkeit war (gleichzeitig war es allerdings auch wieder eine mich beschämende Äußerung Deiner Lebenskraft). Solcher verschiedener Beobachtungen gab es natürlich eine Menge; ich war glücklich über sie, es gab für mich Anlass zu Getuschel und Spaß, Du bemerktest es manchmal, ärgertest Dich darüber, hieltest es für Bosheit, Respektlosigkeit, aber glaube mir, es war nichts anderes für mich, als ein übrigens untaugliches Mittel zur Selbsterhaltung, es waren Scherze, wie man sie über Götter und Könige verbreitet, Scherze, die mit dem tiefsten Respekt nicht nur sich verbinden lassen, sondern sogar zu ihm gehören.

Auch Du hast übrigens, entsprechend Deiner ähnlichen Lage mir gegenüber, eine Art Gegenwehr versucht. Du pflegtest darauf hinzuweisen, wie übertrieben gut es mir ging und wie gut ich eigentlich behandelt wor-den bin. Das ist richtig, ich glaube aber nicht, dass es mir unter den einmal vorhandenen Umständen im Wesentlichen genützt hat.

Es ist wahr, dass die Mutter grenzenlos gut zu mir war, aber alles das stand für mich in Beziehung zu Dir, also in keiner guten Beziehung. Die Mutter hatte unbewusst die Rolle eines Treibers in der Jagd. Wenn schon Deine Erziehung in irgendeinem unwahrscheinlichen Fall mich durch Erzeugung von Trotz, Abneigung oder gar Hass auf eigene Füße hätte stellen können, so glich das die Mutter durch Gut-sein, durch vernünftige Rede (sie war im Wirrwarr der Kindheit das Urbild der Vernunft), durch Fürbitte wieder aus und ich war wieder in Deinen Kreis zurückgetrieben, aus dem ich sonst vielleicht, Dir und mir zum Vorteil ausgebrochen wäre. Oder es war so, dass es zu keiner eigentlichen Versöhnung kam, dass die Mutter mich vor Dir bloß im Geheimen schützte, mir im Geheimen etwas gab, etwas erlaubte, dann war ich wieder vor Dir das lichtscheue Wesen, der Betrüger, der Schuldbewusste, der wegen seiner Nichtigkeit selbst zu dem, was er für sein Recht hielt, nur auf Schleichwegen kommen konnte. Natürlich gewöhnte ich mich dann auf diesen Wegen auch das zu suchen, worauf ich, selbst meiner Meinung nach kein Recht hatte. Das war wieder Vergrößerung des Schuldbewusstseins.

Es ist auch wahr, dass Du mich kaum einmal wirklich geschlagen hast. Aber das Schreien, das Rotwerden Deines Gesichts, das eilige Losmachen der Hosenträger, ihr Bereitliegen auf der Stuhllehne, war für mich fast ärger. Es ist, wie wenn einer gehenkt werden soll. Wird er wirklich gehenkt, dann ist er tot und es ist alles vorüber.

Wenn er aber alle Vorbereitungen zum Gehenktwerden miterleben muss und erst wenn ihm die Schlinge vor dem Gesicht hängt, von seiner Begnadigung erfährt, so kann er sein Leben lang daran zu leiden haben. Überdies sammelte sich aus diesen vielen Malen, wo ich Deiner deutlich gezeigten Meinung nach Prügel verdient hätte, ihnen aber aus Deiner Gnade noch knapp entgangen war, wieder nur ein großes Schuldbewusstsein an. Von allen Seiten her kam ich in Deine Schuld.

Seit jeher machtest Du mir zum Vorwurf (und zwar mir allein oder vor andern; für das Demütigende des Letzteren hattest Du kein Gefühl, die Angelegenheiten Deiner Kinder waren immer öffentliche), dass ich dank Deiner Arbeit ohne alle Entbehrungen in Ruhe, Wärme, Fülle lebte. Ich denke da an Bemerkungen, die in meinem Gehirn förmlich Furchen gezogen haben müssen, wie: »Schon mit 7 Jahren musste ich mit dem Karren durch die Dörfer fahren«, »Wir mussten alle in einer Stube schlafen«, »Wir waren glücklich, wenn wir Erdäpfel hatten«, »Jahrelang hatte ich wegen ungenügender Winterkleidung offene Wunden an den Beinen«, »Als kleiner Junge musste ich schon nach Pisek ins Geschäft«, »Von zu Hause bekam ich gar nichts, nicht einmal beim Militär, ich schickte noch Geld nach Hause«, »Aber trotzdem, trotzdem – der Vater war mir immer der Vater. Wer weiß das heute! Was wissen die Kinder! Das hat niemand gelitten! Versteht das heute ein Kind?« Solche Erzählungen hätten unter andern

Verhältnissen ein ausgezeichnetes Erziehungsmittel sein können, sie hätten zum Überstehen der gleichen Plagen und Entbehrungen, die der Vater durchgemacht hatte, aufmuntern und kräftigen können. Aber das wolltest Du doch gar nicht, die Lage war ja eben durch das Ergebnis Deiner Mühe eine andere geworden, Gelegenheit sich in der Weise auszuzeichnen, wie Du es getan hattest, gab es nicht. Eine solche Gelegenheit hätte man erst durch Gewalt und Umsturz schaffen müssen, man hätte von zu Hause ausbrechen müssen (vorausgesetzt dass man die Entschlussfähigkeit und Kraft dazu gehabt hätte und die Mutter nicht ihrerseits mit anderen Mitteln dagegen gearbeitet hätte.) Aber das alles wolltest Du doch gar nicht, das bezeichnetest Du als Undankbarkeit, Überspanntheit, Ungehorsam, Verrat, Verrücktheit. Während Du also von einer Seite durch Beispiel, Erzählung und Beschämung dazu locktest, verbotest Du es auf der anderen Seite allerstrengstens. Sonst hättest Du z. B., von den Nebenumständen abgesehen, von Ottlas Zürauer Abenteuer eigentlich entzückt sein müssen. Sie wollte auf das Land, von dem Du gekommen warst, sie wollte Arbeit und Entbehrungen haben, wie Du sie gehabt hattest, sie wollte nicht Deine Arbeitserfolge genießen, wie auch Du von Deinem Vater unabhängig gewesen bist. Waren das so schreckliche Absichten? So fern Deinem Beispiel und Deiner Lehre? Gut, die Absichten Ottlas misslangen schließlich im Ergebnis, wurden vielleicht etwas lächerlich, mit zu viel Lärm ausgeführt, sie nahm nicht genug Rücksicht auf ihre Eltern. War das aber ausschließlich ihre Schuld, nicht auch die Schuld der Verhältnisse und vor allem dessen, dass Du ihr so entfremdet warst? War sie Dir etwa (wie Du Dir später selbst einreden wolltest) im Geschäft weniger entfremdet, als nachher in Zürau? Und hättest Du nicht ganz gewiss die Macht gehabt (vorausgesetzt, dass Du Dich dazu hättest überwinden können) durch Aufmunterung, Rat und Aufsicht, vielleicht sogar nur durch Duldung aus diesem Abenteuer etwas sehr Gutes zu machen?

Anschließend an solche Erfahrungen pflegtest Du in bitterem Scherz zu sagen, dass es uns zu gut ging. Aber dieser Scherz ist in gewissem Sinn keiner. Das was Du Dir erkämpfen musstest, bekamen wir aus Deiner Hand, aber den Kampf um das äußere Leben, der Dir sofort zugänglich war und der natürlich auch uns nicht erspart bleibt, den müssen wir uns erst spät, mit Kinderkraft im Mannesalter erkämpfen. Ich sage nicht, dass unsere Lage deshalb unbedingt ungünstiger ist als es Deine war, sie ist jener vielmehr wahrscheinlich gleichwertig (wobei allerdings die Grundanlagen nicht verglichen sind) nur darin sind wir im Nachteil, dass wir mit unserer Not uns nicht rühmen und niemanden mit ihr demütigen können, wie Du es mit Deiner Not getan hast: Ich leugne auch nicht, dass es möglich gewesen wäre, dass ich die Früchte Deiner großen und erfolgreichen Arbeit wirklich richtig hätte geniessen, verwerten und mit ihnen zu Deiner Freude hätte weiterarbeiten können, dem aber stand eben unsere Entfremdung entgegen. Ich konnte, was Du gabst, genießen, aber nur in Beschämung, Müdigkeit, Schwäche, Schuldbewusstsein. Deshalb konnte ich Dir für alles nur bettlerhaft dankbar sein, durch die Tat nicht.

Das nächste äußere Ergebnis dieser ganzen Erziehung war, dass ich alles floh, was nur von der Ferne an Dich erinnerte. Zuerst das Geschäft. An und für sich besonders in der Kinderzeit, solange es ein Gassengeschäft war, hätte es mich sehr freuen müssen, es war so lebendig, abends beleuchtet, man sah, man hörte viel, konnte hie und da helfen, sich auszeichnen, vor allem aber Dich bewundern in Deinen großartigen kaufmännischen Talenten, wie Du verkauftest, Leute behandeltest, Späße machtest, unermüdlich warst, in Zweifelsfällen sofort die Entscheidung wusstest usw. noch wie Du einpacktest oder eine Kiste aufmachtest, war ein sehenswertes Schauspiel und das ganze alles in allem gewiss nicht die schlechteste Kinderschule. Aber da Du allmählich von allen Seiten mich erschrecktest und Geschäft und Du sich mir deckten, war mir auch das Geschäft nicht mehr behaglich. Dinge, die mir dort zuerst selbstverständlich gewesen waren, quälten, beschämten mich, besonders Deine Behandlung des Personals. Ich weiß nicht, vielleicht ist sie in den meisten Geschäften so gewesen (in der Assecurazioni Generali

163

z. B. war sie zu meiner Zeit wirklich ähnlich, ich erklärte dort dem Direktor, nicht ganz wahrheitsgemäß, aber auch nicht ganz erlogen meine Kündigung damit, dass ich das Schimpfen, das übrigens mich direkt gar nicht betroffen hatte, nicht ertragen könne; ich war darin zu schmerzhaft empfindlich schon von Hause her) aber die anderen Geschäfte kümmerten mich in der Kinderzeit nicht. Dich aber hörte und sah ich im Geschäft schreien, schimpfen und wüten, wie es meiner damaligen Meinung nach in der ganzen Welt nicht wieder vorkam. Und nicht nur Schimpfen, auch sonstige Tyrannei. Wie Du z. B. Waren, die Du mit anderen nicht verwechselt haben wolltest, mit einem Ruck vom Pult hinunterwarfst – nur die Besinnungslosigkeit Deines Zorns entschuldigte Dich ein wenig – und der Kommis sie aufheben musste. Oder Deine ständige Redensart hinsichtlich eines lungenkranken Kommis: »Er soll krepieren, der kranke Hund!« Du nanntest die Angestellten »bezahlte Feinde«, das waren sie auch, aber noch ehe sie es geworden waren, schienst Du mir ihr »zahlender Feind« zu sein. Dort bekam ich auch die große Lehre, dass Du ungerecht sein konntest; an mir selbst hätte ich es nicht so bald bemerkt, da hatte sich ja zu viel Schuldgefühl angesammelt, das Dir recht gab; aber dort waren nach meiner, später natürlich ein wenig, aber nicht allzu sehr korrigierten Kindermeinung fremde Leute, die doch für uns arbeiteten und dafür in fortwährender Angst vor Dir leben mussten. Natürlich übertrieb ich da und zwar deshalb weil ich ohne weiters annahm, Du wirktest auf die Leute ebenso schrecklich wie auf mich. Wenn das so gewesen wäre, hätten sie wirklich nicht leben können; da sie aber erwachsene Leute mit meist ausgezeichneten Nerven waren, schüttelten sie das Schimpfen ohne Mühe von sich ab und es schadete Dir schließlich viel mehr als ihnen. Mir aber machte es das Geschäft unleidlich, es erinnerte mich allzu sehr an mein Verhältnis zu Dir: Du warst ganz abgesehen vom Unternehmerinteresse und abgesehen von Deiner Herrschsucht schon als Geschäftsmann allen, die jemals bei Dir gelernt haben, so sehr überlegen, dass Dich keine ihrer Leistungen befriedigen konnte, ähnlich ewig unbefriedigt musstest Du auch von mir sein. Deshalb gehörte ich notwendig zur Partei des Personals, übrigens auch deshalb, weil ich schon aus Ängstlichkeit nicht begriff, wie man einen Fremden so beschimpfen konnte und darum aus Ängstlichkeit das meiner Meinung nach fürchterlich aufgebrachte Personal irgendwie mit Dir, mit unserer Familie schon um meiner eigenen Sicherheit willen aussöhnen wollte. Dazu genügte nicht mehr gewöhnliches, anständiges Benehmen gegenüber dem Personal, nicht einmal mehr bescheidenes Benehmen, vielmehr musste ich demütig sein, nicht nur zuerst grüßen, sondern womöglich auch noch den Gegengruß abwehren. Und hätte ich, ihnen die unbedeutende Person, ihnen unten die Füße geleckt, es wäre noch immer kein Ausgleich dafür gewesen, wie Du, der Herr, oben auf sie loshacktest. Dieses Verhältnis, in das ich hier zu Mitmenschen trat, wirkte über das Geschäft hinaus und in die Zukunft weiter (etwas ähnliches aber nicht so gefährlich und tiefgreifend wie bei mir, ist z.B. auch Ottlas Vorliebe für den Verkehr mit armen Leuten, das Dich so ärgernde Zusammensitzen mit den Dienstmädchen u. dgl.). schließlich fürchtete ich mich fast vor dem Geschäft und jedenfalls war es schon längst nicht mehr meine Sache, ehe ich noch ins Gymnasium kam und dadurch noch weiter davon fortgeführt wurde. Auch schien es mir für meine Fähigkeiten ganz unerschwinglich, da es, wie Du sagtest, selbst die Deinigen verbrauchte. Du suchtest dann (für mich ist das heute rührend und beschämend) aus meiner Dich doch sehr schmerzenden Abneigung gegen das Geschäft, gegen Dein Werk doch noch ein wenig Süßigkeit für Dich zu ziehn, indem Du behauptetest, mir fehle der Geschäftssinn, ich habe höhere Ideen im Kopf u. dgl. Die Mutter freute sich natürlich über diese Erklärung, die Du Dir abzwangst, und auch ich in meiner Eitelkeit und Not ließ mich davon beeinflussen. Wären es aber wirklich nur oder hauptsächlich die »höheren Ideen« gewesen, die mich vom Geschäft (das ich jetzt, aber erst jetzt, ehrlich und tatsächlich hasse) abbrachten, sie hätten sich anders äußern müssen, als dass sie mich ruhig und ängstlich durchs Gymnasium und durch das Jusstudium schwimmen ließen, bis ich beim Beamtenschreibtisch endgültig landete.

Wollte ich vor Dir fliehn, musste ich auch vor der Familie fliehn, selbst vor der Mutter. Man konnte bei ihr zwar immer Schutz finden, doch nur in Beziehung zu Dir. Zu sehr liebte sie Dich und war Dir zu sehr treu ergeben, als dass sie in dem Kampf des Kindes eine selbstständige geistige Macht für die Dauer hätte sein können. Ein richtiger Instinkt des Kindes übrigens, denn die Mutter wurde Dir mit den Jahren immer noch enger verbunden; während sie immer, was sie selbst betraf, ihre Selbstständigkeit in kleinsten Grenzen schön und zart und ohne Dich jemals wesentlich zu kränken bewahrte, nahm sie doch mit den Jahren immer vollständiger, mehr im Gefühl als im Verstand, Deine Urteile und Verurteilungen hinsichtlich der Kinder blindlings über, besonders in dem allerdings schweren Fall der Ottla. Freilich muss man immer im Gedächtnis behalten, wie quälend und bis zum letzten aufreibend die Stellung der Mutter in der Familie war. Sie hat sich im Geschäft, im Haushalt geplagt, alle Krankheiten der Familie doppelt mitgelitten, aber die Krönung alles dessen war das, was sie in ihrer Zwischenstellung zwischen uns und Dir gelitten hat. Du bist immer liebend und rücksichtsvoll zu ihr gewesen, aber in dieser Hinsicht hast Du sie ganz genau so wenig geschont, wie wir sie geschont haben. Rücksichtslos haben wir auf sie eingehämmert, Du von Deiner Seite, wir von unserer. Es war eine Ablenkung, man dachte an nichts Böses, man dachte nur an den Kampf, den Du mit uns, den wir mit Dir führten, und auf der Mutter tobten wir uns aus. Es war auch kein guter Beitrag zur Kindererziehung, wie Du sie – ohne jede Schuld Deinerseits natürlich – unseretwegen quältest. Es rechtfertigte sogar scheinbar unser sonst nicht zu rechtfertigendes Benehmen ihr gegenüber. Was hat sie von uns Deinetwegen und von Dir unseretwegen gelitten, ganz ungerechnet jene Fälle, wo Du recht hattest, weil sie uns verzog, wenn auch selbst dieses »Verziehn« manchmal nur eine stille, unbewusste Gegendemonstration gegen Dein System gewesen sein mag. Natürlich hätte die Mutter das alles nicht ertragen können, wenn sie nicht aus der Liebe zu uns allen und aus dem Glück dieser Liebe die Kraft zum Ertragen genommen hätte.

Die Schwestern gingen nur zum Teil mit mir. Am glücklichsten in ihrer Stellung zu Dir war Valli. Am nächsten der Mutter stehend, fügte sie sich Dir auch ähnlich, ohne viel Mühe und Schaden. Du nahmst sie aber auch, eben in Erinnerung an die Mutter, freundlicher hin, trotzdem wenig Kafka'sches Material in ihr war. Aber vielleicht war Dir gerade das recht; wo nichts Kafka'sches war, konntest selbst Du nichts derartiges verlangen; Du hattest auch nicht, wie bei uns andern das Gefühl, dass hier etwas verloren ging, das mit Gewalt gerettet werden müsste. Übrigens magst Du das Kafka'sche, soweit es sich in Frauen geäußert hat, niemals besonders geliebt haben. Das Verhältnis Vallis zu Dir wäre sogar vielleicht noch freundlicher geworden, wenn wir anderen es nicht ein wenig gestört hätten. Die Elli ist das einzige Beispiel für das fast vollständige Gelingen eines Durchbruches aus Deinem Kreis. Von ihr hätte ich es in ihrer Kindheit am wenigsten erwartet. Sie war doch ein so schwerfälliges, müdes, furchtsames, verdrossenes, schuldbewusstes, überdemütiges, boshaftes, faules, genäschiges, geiziges Kind, ich konnte sie kaum ansehn, gar nicht ansprechen, so sehr erinnerte sie mich an mich selbst, so sehr ähnlich stand sie unter dem gleichen Bann der Erziehung. Besonders ihr Geiz war mir abscheulich, da ich ihn womöglich noch stärker hatte. Geiz ist ja eines der verlässlichsten Anzeichen tiefen Unglücklichseins; ich war so unsicher aller Dinge, dass ich tatsächlich nur das besaß, was ich schon in den Händen oder im Mund hielt oder was wenigstens auf dem Wege dorthin war und gerade das nahm sie, die in ähnlicher Lage war, mir am liebsten fort. Aber das alles änderte sich, als sie in jungen Jahren – das ist das wichtigste – von zu Hause wegging, heiratete, Kinder bekam, sie wurde fröhlich, unbekümmert, mutig, freigebig, uneigennützig, hoffnungsvoll. Fast unglaublich ist es, wie Du eigentlich diese Veränderung gar nicht bemerkt und jedenfalls nicht nach Verdienst bewertet hast, so geblendet bist Du von dem Groll, den Du gegen Elli seit jeher hattest und im Grunde unverändert hast, nur dass dieser Groll jetzt viel weniger aktuell geworden ist, da Elli nicht mehr bei uns wohnt und außerdem Deine Liebe zu Felix und die Zuneigung zu Karl ihn unwichtiger gemacht haben.

Nur Gerti muss ihn manchmal noch entgelten.

Von Ottla wage ich kaum zu schreiben, ich weiß, ich setze damit die ganze erhoffte Wirkung des Briefes aufs Spiel. Unter gewöhnlichen Umständen, also wenn sie nicht etwa in besondere Not oder Gefahr käme, hast Du für sie nur Hass; Du hast mir ja selbst zugestanden, dass sie Deiner Meinung nach mit Absicht Dir immerfort Leid und Ärger macht und während Du ihretwegen leidest, ist sie befriedigt und freut sich. Also eine Art Teufel. Was für eine ungeheure Entfremdung, noch Größer als zwischen Dir und mir, muss zwischen Dir und ihr eingetreten sein, damit eine so ungeheure Verkennung möglich wird. Sie ist so weit von Dir, dass Du sie kaum mehr siehst, sondern ein Gespenst an die Stelle setzt, wo Du sie vermutest. Ich gebe zu, dass Du es mit ihr besonders schwer hattest. Ich durchschaue ja den sehr komplizierten Fall nicht ganz, aber jedenfalls war hier etwas wie eine Art Löwy, ausgestattet mit den besten Kafka'schen Waffen. Zwischen uns war es kein eigentlicher Kampf; ich war bald erledigt; was übrig blieb, war Flucht, Verbitterung, Trauer, innerer Kampf. Ihr zwei aber waret immer in Kampfstellung, immer frisch, immer bei Kräften. Ein ebenso großartiger wie trostloser Anblick. Zuallererst seid ihr Euch ja gewiss sehr nahe gewesen, denn noch heute ist von uns vier Ottla vielleicht die reinste Darstellung der Ehe zwischen Dir und der Mutter und der Kräfte, die sich da verbanden. Ich weiß nicht, was Euch um das Glück der Eintracht zwischen Vater und Kind gebracht hat, es liegt mir nur nahe zu glauben, dass die Entwicklung ähnlich war, wie bei mir. Auf Deiner Seite die Tyrannei Deines Wesens, auf ihrer Seite Löwy'scher Trotz, Empfindlichkeit, Gerechtigkeitsgefühl, Unruhe, und alles das gestützt durch das Bewusstsein Kafka'scher Kraft. Wohl habe auch ich sie beeinflusst, aber kaum aus eigenem Antrieb, sondern durch die bloße Tatsache meines Daseins. Übrigens kam sie doch als Letzte in schon fertige Machtverhältnisse hinein und konnte sich aus dem vielen bereitliegenden Material ihr Urteil selbst bilden. Ich kann mir sogar denken, dass sie in ihrem Wesen eine Zeitlang geschwankt hat, ob sie sich Dir an die Brust werfen soll oder den Gegnern, offenbar hast Du damals etwas versäumt und sie zurückgestoßen, Ihr wäret aber, wenn es eben möglich gewesen wäre, ein prachtvolles Paar an Eintracht geworden. Ich hätte dadurch zwar einen Verbündeten verloren, aber der Anblick von Euch beiden hätte mich reich entschädigt, auch wärest ja Du durch das unabsehbare Glück, wenigstens in einem Kind volle Befriedigung zu finden, sehr zu meinen Gunsten verwandelt worden. Das alles ist heute allerdings nur ein Traum. Ottla hat keine Verbindung mit dem Vater, muss ihren Weg allein suchen, wie ich, und um das Mehr an Zuversicht, Selbstvertrauen, Gesundheit, Bedenkenlosigkeit, das sie im Vergleich mit mir hat, ist sie in Deinen Augen böser und verräterischer als ich. Ich verstehe das; von Dir aus gesehen kann sie nicht anders sein. Ja, sie selbst ist imstande, mit Deinen Augen Dich sich anzusehn, Dein Leid mitzufühlen und darüber – nicht verzweifelt zu sein, Verzweiflung ist meine Sache – aber sehr traurig zu sein. Du siehst uns zwar, in scheinbarem Widerspruch hierzu, oft beisammen, wir flüstern lachen, hie und da hörst Du Dich erwähnen. Du hast den Eindruck von frechen Verschwörern. Merkwürdige Verschwörer. Du bist allerdings ein Hauptthema unserer Gespräche, wie unseres Denkens seit jeher, aber wahrhaftig nicht, um etwas gegen Dich auszudenken, sitzen wir beisammen, sondern um mit aller Anstrengung, mit Spaß, mit Ernst, mit Liebe, Trotz, Zorn, Widerwille, Ergebung, Schuldbewusstsein, mit allen Kräften des Kopfes und Herzens diesen schrecklichen Prozess, der zwischen uns und Dir schwebt, in allen Einzelheiten, von allen Seiten, bei allen Anlässen, von fern und nah gemeinsam durchzusprechen, diesen Prozess, in dem Du immerfort Richter zu sein behauptest, während Du, wenigstens zum größten Teil (hier lasse ich die Tür allen Irrtümern offen, die mir natürlich begegnen können) ebenso schwache und verblendete Partei bist, wie wir. Ein im Zusammenhang des Ganzen lehrreiches Beispiel Deiner erzieherischen Wirkung war Irma. Einerseits war sie doch eine Fremde, kam schon erwachsen in Dein Geschäft, hatte mit Dir hauptsächlich als ihrem Chef zu tun, war also nur zum Teil und in einem schon widerstandsfähigen Alter Deinem Einfluss ausgesetzt; andererseits aber war sie doch auch eine Blutsverwandte, verehrte in Dir den Bruder ihres Vaters und Du hattest über sie viel mehr als die bloße Macht eines Chefs. Und trotzdem ist sie, die in ihrem schwachen Körper so tüchtig, klug, fleißig, bescheiden, vertrauenswürdig, uneigennützig, treu war, die Dich als Onkel liebte und als Chef bewunderte, die in andern Posten vorher und nachher sich bewährte – Dir keine sehr gute Beamtin gewesen. Sie war eben, natürlich auch von uns hingedrängt, Dir gegenüber nahe der Kinderstellung und so groß war noch ihr gegenüber die umbiegende Macht Deines Wesens, dass sich bei ihr (allerdings nur Dir gegenüber und, hoffentlich, ohne das tiefere Leid des Kindes) Vergesslichkeit, Nachlässigkeit, Galgenhumor, vielleicht sogar ein wenig Trotz, soweit sie dessen überhaupt fähig war, entwickelten, wobei ich gar nicht in Rechnung stelle, dass sie kränklich gewesen ist, auch sonst nicht sehr glücklich war und eine trostlose Häuslichkeit auf ihr lastete. Das für mich Beziehungsreiche Deines Verhältnisses zu ihr hast Du in einem für uns klassisch gewordenen, fast gotteslästerlichen, aber gerade für die Unschuld in Deiner Menschenbehandlung sehr beweisenden Satz zusammengefasst: »Die Gottselige hat mir viel Schweinerei hinterlassen.«

Ich könnte noch weitere Kreise Deines Einflusses und des Kampfes gegen ihn beschreiben, doch käme ich hier schon ins Unsichere und müsste konstruieren, außerdem wirst Du ja, je weiter Du von Geschäft und

Familie Dich entfernst, seit jeher desto freundlicher, nachgiebiger, höflicher, rücksichtsvoller, teilnehmender (ich meine: auch äußerlich) ebenso wie ja z.b. auch ein Selbstherrscher, wenn er einmal außerhalb der Grenzen seines Landes ist, keinen Grund hat noch immer tyrannisch zu sein und sich gutmütig auch mit den niedrigsten Leuten einlassen kann. Tatsächlich standest Du z. B. auf den Gruppenbildern aus Franzensbad immer so gern und fröhlich zwischen den kleinen mürrischen Leuten, wie ein König auf Reisen. Davon hätten allerdings auch die Kinder ihren Vorteil haben können, nur hätten sie schon, was unmöglich war, in der Kinderzeit fähig sein müssen, das zu erkennen, und ich z. B. hätte nicht immerfort gewissermaßen im innersten, strengsten, zuschnürenden Ring Deines Einflusses wohnen dürfen, wie ich es ja wirklich getan habe.

Ich verlor dadurch nicht nur den Familiensinn, wie Du sagst, im Gegenteil, eher hatte ich noch Sinn für die Familie, allerdings hauptsächlich negativ für die (natürlich nie zu beendigende) innere Ablösung von Dir. Die Beziehungen zu den Menschen außerhalb der Familie litten aber durch Deinen Einfluss womöglich noch mehr. Du bist durchaus im Irrtum, wenn Du glaubst, für die anderen Menschen tue ich aus Liebe und Treue alles, für Dich und die Familie aus Kälte und Verrat nichts. Ich wiederhole zum zehnten Mal: Ich wäre wahrscheinlich auch sonst ein menschenscheuer ängstlicher Mensch geworden, aber von da ist noch ein langer dunkler Weg dorthin, wohin ich wirklich gekommen bin. [Bisher habe ich in diesem Brief verhältnismäßig weniges absichtlich verschwiegen, jetzt und später werde ich aber einiges verschweigen müssen, was (vor Dir und mir) einzugestehen, mir noch zu schwer ist. Ich sage das deshalb, damit Du, wenn das Gesamtbild hie und da etwas undeutlich werden sollte, nicht glaubst, dass Mangel an Beweisen daran schuld ist, es sind vielmehr Beweise da, die das Bild unerträglich krass machen könnten. Es ist nicht leicht darin eine Mitte zu finden.] Hier genügt es übrigens an früheres zu erinnern: Ich hatte vor Dir das Selbstvertrauen verloren, dafür ein grenzenloses Schuldbewustsein eingetauscht. (In Erinnerung an diese Grenzenlosigkeit schrieb ich von jemandem einmal richtig: »Er fürchtet, die Scham werde ihn noch überleben«) Ich konnte mich nicht plötzlich verwandeln, wenn ich mit anderen Menschen zusammenkam, ich kam vielmehr ihnen gegenüber noch in tieferes Schuldbewusstsein, denn ich musste ja, wie ich schon sagte, das an ihnen gutmachen, was Du unter meiner Mitverantwortung im Geschäft an ihnen verschuldet hattest. Außerdem hattest Du ja gegen jeden, mit dem ich verkehrte, offen oder im Geheimen etwas einzuwenden, auch das musste ich ihm abbitten. Das Misstrauen, das Du mir in Geschäft und Familie gegen die meisten Menschen beizubringen suchtest (nenne mir einen in der Kinderzeit irgendwie für mich bedeutenden

175

Menschen, den Du nicht wenigstens einmal bis in den Grund hinunterkritisiert hättest) und das Dich merkwürdigerweise gar nicht besonders beschwerte (Du warst eben stark genug es zu ertragen, außerdem war es in Wirklichkeit vielleicht nur ein Emblem des Herrschers) – dieses Misstrauen, das sich mir Kleinem für die eigenen Augen nirgends bestätigte, da ich überall nur unerreichbar ausgezeichnete Menschen sah, wurde in mir zu Misstrauen gegen mich selbst und zur fortwährenden Angst vor allem andern. Dort konnte ich mich also im Allgemeinen vor Dir gewiss nicht retten. Dass Du Dich darüber täuschtest, lag vielleicht daran, dass Du ja von meinem Menschenverkehr eigentlich gar nichts erfuhrst, und misstrauisch und eifersüchtig (leugne ich denn, dass Du mich lieb hast?) annahmst, dass ich mich für den Entgang an Familienleben anderswo entschädigen müsse, da es doch unmöglich wäre, dass ich draußen ebenso lebe. Übrigens hatte ich in dieser Hinsicht gerade in meiner Kinderzeit noch einen gewissen Trost eben im Misstrauen zu meinem Urteil; ich sagte mir: »Du übertreibst doch, fühlst, wie das die Jugend immer tut, Kleinigkeiten zu sehr als große Ausnahmen.« Diesen Trost habe ich aber später bei steigender Weltübersicht fast verloren.

Ebenso wenig Rettung vor Dir fand ich im Judentum. Hier wäre ja an sich Rettung denkbar gewesen, oder noch mehr, es wäre denkbar gewesen, dass wir uns beide im Judentum gefunden hätten oder dass wir gar von

176

dort einig ausgegangen wären. Aber was war das für Judentum, das ich von Dir bekam! Ich habe im Laufe der Jahre etwa auf dreierlei Art mich dazu gestellt.

Als Kind machte ich mir, in Übereinstimmung mit Dir, Vorwürfe deshalb, weil ich nicht genügend in den Tempel ging, nicht fastete usw. Ich glaubte nicht mir, sondern Dir ein Unrecht damit zu tun und Schuldbewusstsein, das ja immer bereit war, durchlief mich.

Später, als junger Mensch, verstand ich nicht, wie Du mit dem Nichts von Judentum, über das Du verfügtest, mir Vorwürfe deshalb machen konntest, dass ich (schon aus Pietät, wie Du Dich ausdrücktest) nicht ein ähnliches Nichts auszuführen mich anstrenge. Es war ja wirklich, soweit ich sehen konnte, ein Nichts, ein Spaß, nicht einmal ein Spaß. Du gingst an 4 Tagen im Jahr in den Tempel, warst dort den Gleichgültigen zumindest näher als jenen, die es ernst nahmen, erledigtest geduldig die Gebete als Formalität, setztest mich manchmal dadurch in Erstaunen, dass Du mir im Gebetbuch die Stelle aufmischen konntest, die gerade rezitiert wurde, im übrigen durfte ich, wenn ich nur (das war die Hauptsache) im Tempel war, mich herumdrücken, wo ich wollte. Ich   durchgähnte und durchduselte also dort die vielen Stunden (so gelangweilt habe ich mich später, glaube ich, nur noch in der Tanzstunde) und suchte mich möglichst an den paar kleinen Abwechslungen zu freuen, die es dort gab, etwa wenn die Bundeslade aufgemacht wurde, was mich immer an

177

die Schießbuden erinnerte, wo auch, wenn man in ein Schwarzes traf, eine Kastentüre sich aufmachte, nur dass dort aber immer etwas Interessantes herauskam und hier nur immer wieder die alten Puppen ohne Köpfe. Übrigens habe ich dort auch viel Furcht gehabt, nicht nur wie selbstverständlich vor den vielen Leuten, mit denen man in nähere Berührung kam, sondern auch deshalb, weil Du einmal nebenbei erwähntest, dass auch ich zur Thora aufgerufen werden könne. Davor zitterte ich jahrelang. Sonst aber wurde ich in meiner Langweile nicht wesentlich gestört, höchstens durch die Bar-Mizwa, die aber nur lächerliches Auswendiglernen verlangte, also nur zu einer lächerlichen Prüfungsleistung führte, und dann, was Dich betrifft, durch kleine, wenig bedeutende Vorfälle, etwa wenn Du zur Thora gerufen wurdest und dieses für mein Gefühl ausschließlich gesellschaftliche Ereignis gut überstandest oder wenn Du bei der Seelengedächtnisfeier im Tempel bliebst und ich weggeschickt wurde, was mir durch lange Zeit, offenbar wegen des Weggeschicktwerdens und mangels jeder tieferen Teilnahme, lange das kaum bewusst werdende Gefühl hervorrief, dass es sich hier um etwas Unanständiges handle. – So war es im Tempel, zu Hause war es womöglich noch ärmlicher und beschränkte sich auf den ersten Sederabend, der immer mehr zu einer Komödie mit Lachkrämpfen wurde, allerdings unter dem Einfluss der Größer werdenden Kinder. (Warum musstest Du Dich diesem Einfluss fügen? Weil Du ihn hervorgerufen hast.) Das war also das Glaubensmaterial, das mir überliefert wurde, dazu kam höchstens noch die ausgestreckte Hand, die auf »die Söhne des Millionärs Fuchs« hinwies, die an hohen Feiertagen mit ihrem Vater im Tempel waren. Wie man mit diesem Material etwas besseres tun könnte, als es möglichst schnell loszuwerden, verstand ich nicht; gerade dieses Loswerden schien mir die pietätvollste Handlung zu sein.

Noch später sah ich es aber doch wieder anders an und begriff, warum Du glauben durftest, dass ich Dich auch in dieser Hinsicht böswillig verrate. Du hattest aus der kleinen ghettoartigen Dorfgemeinde wirklich noch etwas Judentum mitgebracht, es war nicht viel und verlor sich noch ein wenig in der Stadt und beim Militär, immerhin reichten noch die Eindrücke und Erinnerungen der Jugend knapp zu einer Art jüdischen Lebens aus, besonders da Du ja nicht viel derartige Hilfe brauchtest, sondern von einem sehr kräftigen Stamm warst und für Deine Person von religiösen Bedenken, wenn sie nicht mit gesellschaftlichen Bedenken sich sehr mischten, kaum erschüttert werden konntest. Im Grund bestand der Dein Leben führende Glaube darin, dass Du an die unbedingte Richtigkeit der Meinungen einer bestimmten jüdischen Gesellschaftsklasse glaubtest und eigentlich also, da diese Meinungen zu Deinem Wesen gehörten, Dir selbst glaubtest. Auch darin lag noch genug Judentum,

179

aber zum Weiter-überliefert-werden war es gegenüber dem Kind zu wenig, es vertropfte zur Gänze während Du es weitergabst. Zum Teil waren es unüberlieferbare Jugendeindrücke, zum Teil Dein gefürchtetes Wesen. Es war auch unmöglich, einem vor lauter Ängstlichkeit überscharf beobachtenden Kind begreiflich zu machen, dass die paar Nichtigkeiten, die Du im Namen des Judentums mit einer ihrer Nichtigkeit entsprechenden Gleichgültigkeit ausführtest, einen höheren Sinn haben konnten. Für Dich hatten sie Sinn als kleine Andenken aus früheren Zeiten und deshalb wolltest Du sie mir vermitteln, konntest dies aber, da sie ja auch für Dich keinen Selbstwert mehr hatten, nur durch Überredung oder Drohung tun; das konnte einerseits nicht gelingen und musste andererseits Dich, da Du Deine schwache Position hier gar nicht erkanntest, sehr zornig gegen mich wegen meiner scheinbaren Verstocktheit machen.

Das Ganze ist ja keine vereinzelte Erscheinung, ähnlich verhielt es sich bei einem großen Teil dieser jüdischen Übergangsgeneration, welche vom verhältnismäßig noch frommen Land in die Städte auswanderte; das ergab sich von selbst, nur fügte es eben unserem Verhältnis, das ja an Schärfen keinen Mangel hatte, noch eine genug schmerzliche hinzu. Dagegen sollst Du zwar auch in diesem Punkt, ebenso wie ich, an Deine Schuldlosigkeit glauben, diese Schuldlosigkeit aber durch Dein Wesen und durch die Zeitverhältnisse erklären, nicht aber bloß durch die äußeren Umstände, also nicht etwa sagen, Du hättest zu viel andere Arbeit und Sorgen gehabt, als dass Du Dich auch noch mit solchen Dingen hättest abgeben können. Auf diese Weise pflegst Du aus Deiner zweifellosen Schuldlosigkeit einen ungerechten Vorwurf gegen andere zu drehn. Das ist dann überall und auch hier sehr leicht zu widerlegen. Es hätte sich doch nicht etwa um irgendeinen Unterricht gehandelt, den Du Deinen Kindern hättest geben sollen, sondern um ein beispielhaftes Leben; wäre Dein Judentum stärker gewesen, wäre auch Dein Judentum-Beispiel zwingender gewesen, das ist ja selbstverständlich und wieder gar kein Vorwurf, sondern nur eine Abwehr Deiner Vorwürfe. Du hast letzthin Franklins Jugenderinnerungen gelesen. Ich habe sie Dir wirklich absichtlich zum Lesen gegeben, aber nicht, wie Du ironisch bemerktest, wegen einer kleinen Stelle über Vegetarianismus, sondern wegen des Verhältnisses zwischen dem Verfasser und seinem Vater, wie es dort beschrieben ist, und des Verhältnisses zwischen dem Verfasser und seinem Sohn, wie es sich von selbst in diesen für den Sohn geschriebenen Erinnerungen ausdrückt. Ich will hier nicht Einzelheiten hervorheben.

Eine gewisse nachträgliche Bestätigung dieser Auffassung von Deinem Judentum bekam ich auch durch Dein Verhalten in den letzten Jahren, als es Dir schien, dass ich mich mit jüdischen Dingen mehr beschäftige. Da Du von vornherein gegen jede meiner Beschäftigungen und besonders gegen die Art meiner

Interessennahme eine Abneigung hast, so hattest Du sie auch hier. Aber darüber hinaus hätte man doch erwarten können, dass Du hier eine kleine Ausnahme machst. Es war doch Judentum von Deinem Judentum, das sich hier regte, und damit also auch die Möglichkeit der Anknüpfung neuer Beziehungen zwischen uns. Ich leugne nicht, dass mir diese Dinge, wenn Du für sie Interesse gezeigt hättest, gerade dadurch hätten verdächtig werden können. Es fällt mir ja nicht ein, behaupten zu wollen, dass ich in dieser Hinsicht irgendwie besser bin als Du. Aber zu der Probe darauf kam es gar nicht. Durch meine Vermittlung wurde Dir das Judentum abscheulich, jüdische Schriften unlesbar, sie »ekelten Dich an«. Das konnte bedeuten, dass Du darauf bestandest, nur gerade das Judentum, wie Du es mir in meiner Kinderzeit gezeigt hattest, sei das einzig Richtige, darüber hinaus gebe es nichts. Aber dass Du darauf bestehen solltest, war doch kaum denkbar. Dann aber konnte der »Ekel« (abgesehen davon, dass er sich zunächst nicht gegen das Judentum, sondern gegen meine Person richtete) nur bedeuten, dass Du unbewusst die Schwäche Deines Judentums und meiner jüdischen Erziehung anerkanntest, auf keine Weise daran erinnert werden wolltest und auf alle Erinnerungen mit offenem Hass antwortetest. Übrigens war Deine negative Hochschätzung meines neuen Judentums sehr übertrieben; erstens trug es ja Deinen Fluch in sich und zweitens war für seine Entwicklung das grundsätzliche Verhältnis zu den Mitmenschen entscheidend, in meinem Fall also tödlich.

Richtiger trafst Du mit Deiner Abneigung mein Schreiben und was, Dir unbekannt, damit zusammenhing. Hier war ich tatsächlich ein Stück selbständig von Dir weggekommen, wenn es auch ein wenig an den Wurm erinnerte, der, hinten von einem Fuß niedergetreten, sich mit dem Vorderteil losreißt und zur Seite schleppt. Einigermaßen in Sicherheit war ich, es gab ein Aufatmen; die Abneigung, die Du natürlich gleich auch gegen mein Schreiben hattest, war mir hier ausnahmsweise willkommen. Meine Eitelkeit, mein Ehrgeiz litten zwar unter Deiner für uns berühmt gewordenen Begrüßung meiner Bücher: »Leg's auf den Nachttisch!« (meistens spieltest Du ja Karten, wenn ein Buch kam), aber im Grunde war mir dabei doch wohl, nicht nur aus aufbegehrender Bosheit, nicht nur aus Freude über eine neue Bestätigung meiner Auffassung unseres Verhältnisses, sondern ganz ursprünglich, weil jene Formel mir klang wie etwa: »Jetzt bist Du frei!« Natürlich war es eine Täuschung, ich war nicht oder allergünstigsten Falles noch nicht frei. Mein Schreiben handelte von Dir, ich klagte dort ja nur, was ich an Deiner Brust nicht klagen konnte. Es war ein absichtlich in die Länge gezogener Abschied von Dir, nur dass er zwar von Dir erzwungen war, aber in der von mir bestimmten Richtung verlief. Aber wie wenig war das alles! Es ist ja überhaupt nur deshalb der Rede wert, weil es sich in meinem Leben ereignet hat, anderswo wäre es gar nicht zu merken, und dann noch deshalb, weil es mir in der Kindheit als Ahnung, später als Hoffnung, noch später oft als Verzweiflung mein Leben beherrschte und mir – wenn man will, doch wieder in Deiner Gestalt – meine paar kleinen Entscheidungen diktierte. Zum Beispiel die Berufswahl. Gewiss, Du gabst mir hier völlige Freiheit in Deiner großzügigen und in diesem Sinn sogar geduldigen Art. Allerdings folgtest Du hiebei auch der für Dich maßgebenden allgemeinen Söhnebehandlung des jüdischen Mittelstandes oder zumindest den Werturteilen dieses Standes. Schließlich wirkte hiebei auch eines Deiner Missverständnisse hinsichtlich meiner Person mit. Du hältst mich nämlich seit jeher aus Vaterstolz, aus Unkenntnis meines eigentlichen Daseins, aus Rückschlüssen aus meiner Schwächlichkeit für besonders fleißig. Als Kind habe ich Deiner Meinung nach immerfort gelernt und später immerfort geschrieben. Das stimmt nun nicht im Entferntesten. Eher kann man mit viel weniger Übertreibung sagen, dass ich wenig gelernt und nichts erlernt habe; dass etwas in den vielen Jahren bei einem mittleren Gedächtnis, bei nicht allerschlechtester Auffassungskraft hängen geblieben ist, ist ja nicht sehr merkwürdig, aber jedenfalls ist das Gesamtergebnis an Wissen und besonders an Fundierung des Wissens äußerst kläglich im Vergleich zu dem Aufwand an Zeit und Geld inmitten eines äußerlich sorglosen, ruhigen

Lebens, besonders auch im Vergleich zu fast allen Leuten, die ich kenne. Es ist kläglich, aber für mich verständlich. Ich hatte, seit dem ich denken kann, solche tiefste Sorgen der geistigen Existenzbehauptung, dass mir alles andere gleichgültig war. Jüdische Gymnasiasten bei uns sind leicht merkwürdig, man findet da das Unwahrscheinlichste, aber meine kalte, kaum verhüllte, unzerstörbare, kindlich hilflose, bis ins Lächerliche gehende, tierisch selbstzufriedene Gleichgültigkeit eines für sich genug aber kalt fantastischen Kindes habe ich sonst nirgends wiedergefunden, allerdings war sie hier auch der einzige Schutz gegen die Nervenzerstörung durch Angst und Schuldbewusstsein. Mich beschäftigte nur die Sorge um mich, diese aber in verschiedenster Weise. Etwa als Sorge um meine Gesundheit; es fing leicht an, hier und dort ergab sich eine kleine Befürchtung wegen der Verdauung, des Haarausfalls, einer Rückgratverkrümmung usw., das steigerte sich in unzählbaren Abstufungen, schließlich endete es mit einer wirklichen Krankheit. Was war das alles? Nicht eigentlich körperliche Krankheit. Aber da ich keines Dinges sicher war, von jedem Augenblick eine neue Bestätigung meines Daseins brauchte, nichts in meinem eigentlichen, unzweifelhaften, alleinigen, nur durch mich eindeutig bestimmten Besitz war, in Wahrheit ein enterbter Sohn, wurde mir natürlich auch das Nächste, der eigene Körper unsicher; ich wuchs lang in die Höhe, wusste damit aber nichts anzufangen, die Last war zu schwer, der Rücken wurde krumm; ich wagte mich kaum zu bewegen oder gar zu turnen, ich blieb schwach; staunte alles, worüber ich noch verfügte als Wunder an, etwa meine gute Verdauung; das genügte um sie zu verlieren und damit war der Weg zu aller Hypochondrie frei, bis dann unter der übermenschlichen Anstrengung des Heiraten-Wollens (darüber spreche ich noch) das Blut aus der Lunge kam, woran ja die Wohnung im Schönbornpalais – die ich aber nur deshalb brauchte, weil ich sie für mein Schreiben zu brauchen glaubte, so dass auch das auf dieses Blatt gehört – genug Anteil gehabt haben kann. Also das alles stammte nicht von übergroßer Arbeit, wie Du Dir es immer vorstellst. Es gab Jahre, in denen ich bei voller Gesundheit mehr Zeit auf dem Kanapee verfaulenzt habe, als Du in Deinem ganzen Leben, alle Krankheiten eingerechnet. Wenn ich höchstbeschäftigt von Dir fortlief, war es meist, um mich in meinem Zimmer hinzulegen. Meine Gesamtarbeitsleistung sowohl im Büro (wo allerdings Faulheit nicht sehr auffällt und überdies durch meine Ängstlichkeit in Grenzen gehalten war) als auch zu Hause ist winzig, hättest Du darüber einen Überblick, würde es Dich entsetzen. Wahrscheinlich bin ich in meiner Anlage gar nicht faul, aber es gab für mich nichts zu tun. Dort, wo ich lebte, war ich verworfen, abgeurteilt, niedergekämpft, und anderswohin mich zu flüchten strengte mich zwar äußerst an, aber das war keine Arbeit, denn es handelte sich um Unmögliches, das für meine

Kräfte bis auf kleine Ausnahmen unerreichbar war.

In diesem Zustand bekam ich also die Freiheit der Berufswahl. War ich aber überhaupt noch fähig eine solche Freiheit eigentlich zu gebrauchen? Traute ich mir es denn noch zu, einen wirklichen Beruf erreichen zu können? Meine Selbstbewertung war von Dir viel abhängiger als von irgendetwas sonst, etwa von einem äußeren Erfolg. Der war die Stärkung eines Augenblicks, sonst nichts, aber auf der andern Seite zog Dein Gewicht immer viel stärker hinunter. Niemals würde ich durch die erste Volksschulklasse kommen, dachte ich, aber es gelang, ich bekam sogar eine Prämie; aber die Aufnahmeprüfung ins Gymnasium würde ich gewiss nicht bestehn, aber es gelang; aber nun falle ich in der ersten Gymnasialklasse bestimmt durch, nein, ich fiel nicht durch und es gelang immer weiter und weiter. Daraus ergab sich aber keine Zuversicht, im Gegenteil, immer war ich überzeugt – und in Deiner abweisenden Miene hatte ich förmlich den Beweis dafür – dass, je mehr mir gelingt, desto schlimmer es schließlich wird ausgehn müssen. Oft sah ich im Geist die schreckliche Versammlung der Professoren (das Gymnasium ist nur das einheitlichste Beispiel, überall um mich war es aber ähnlich) wie sie, wenn ich die Prima überstanden hatte, also in der Sekunda, wenn ich diese überstanden hatte, also in der Tertia usw. zusammenkommen würden, um diesen einzigartigen himmelschreienden Fall zu untersuchen, wie es mir, dem Unfähigsten und jedenfalls

Unwissendsten gelungen war, mich bis hinauf in diese
Klasse zu schleichen, die mich, da nun die allgemeine
Aufmerksamkeit auf mich gelenkt war, natürlich sofort
ausspeien würde, zum Jubel aller von diesem Albdruck
befreiten Gerechten. Mit solchen Vorstellungen zu
leben ist für ein Kind nicht leicht. Was kümmerte
mich unter diesen Umständen der Unterricht? Wer
war imstande aus mir einen Funken von Anteilnahme
herauszuschlagen? Mich interessierte der Unterricht
und nicht nur der Unterricht sondern alles ringsherum
in diesem entscheidenden Alter etwa so, wie einen
Bankdefraudanten, der noch in Stellung ist und vor der
Entdeckung zittert, das kleine laufende Bankgeschäft
interessiert, das er noch immer als Beamter zu erledigen
hat. So klein, so fern war alles neben der Hauptsache. Es
ging dann weiter bis zur Matura durch die ich wirklich
schon zum Teil nur durch Schwindel kam, und dann
stockte es, jetzt war ich frei. Hatte ich schon trotz dem
Zwang des Gymnasiums mich nur auf mich konzentriert,
wie erst jetzt, da ich frei war. Also eigentliche Freiheit der
Berufswahl gab es für mich nicht, ich wusste: Alles wird
mir gegenüber der Hauptsache genau so gleichgültig
sein, wie alle Lehrgegenstände im Gymnasium, es
handelt sich also darum einen Beruf zu finden, der
mir, ohne meine Eitelkeit allzu sehr zu verletzen, diese
Gleichgültigkeit am ehesten erlaubt. Also war Jus das
Selbstverständliche. Kleine gegenteilige Versuche der
Eitelkeit, der unsinnigen Hoffnung, wie vierzehntägiges

Chemiestudium, halbjähriges Deutschstudium verstärkten nur jene Grundüberzeugung. Ich studierte also Jus. Das bedeutete dass ich mich in den paar Monaten vor den Prüfungen unter reichlicher Mitnahme der Nerven geistig förmlich von Holzmehl nährte, das mir überdies schon von tausenden Mäulern vorgekaut war. Aber in gewissem Sinn schmeckte mir das gerade, wie in gewissem Sinn früher auch das Gymnasium und später der Beamtenberuf, denn das alles entsprach vollkommen meiner Lage. Jedenfalls zeigte ich hier erstaunliche Voraussicht, schon als kleines Kind hatte ich hinsichtlich der Studien und des Berufes genug klare Vorahnungen. Von hier aus erwartete ich keine Rettung, hier hatte ich schon längst verzichtet.

Gar keine Voraussicht fast zeigte ich aber hinsichtlich der Bedeutung und Möglichkeit einer Ehe für mich; dieser bisher größte Schrecken meines Lebens ist fast vollständig unerwartet über mich gekommen. Das Kind hatte sich so langsam entwickelt, diese Dinge lagen ihm äußerlich gar zu abseits, hie und da ergab sich die Notwendigkeit daran zu denken; dass sich hier aber eine dauernde, entscheidende und sogar die erbittertste Prüfung vorbereite, war nicht zu erkennen. In Wirklichkeit aber wurden die Heiratsversuche der großartigste und hoffnungsreichste Versuch Dir zu entgehn, entsprechend großartig war dann allerdings auch das Misslingen.

Ich fürchte, weil mir in dieser Gegend alles misslingt, dass es mir auch nicht gelingen wird, Dir diese Heiratsversuche verständlich zu machen. Und doch hängt das Gelingen des ganzen Briefes davon ab, denn in diesen Versuchen war einerseits alles versammelt, was ich an positiven Kräften zur Verfügung hatte, andererseits sammelten sich hier auch geradezu mit Wut alle negativen Kräfte, die ich als Mitergebnis Deiner Erziehung beschrieben habe, also die Schwäche, der Mangel an Selbstvertrauen, das Schuldbewusstsein und zogen förmlich einen Kordon zwischen mir und der Heirat. Die Erklärung wird mir auch deshalb schwer werden, weil ich hier alles in so vielen Tagen und Nächten immer wieder durchdacht und durchgraben habe, dass selbst mich jetzt der Anblick schon verwirrt. Erleichtert wird mir die Erklärung nur durch Dein meiner Meinung nach vollständiges Missverstehn der Sache; ein so vollständiges Missverstehn ein wenig zu verbessern, scheint nicht übermäßig schwer.

Zunächst stellst du das Misslingen der Heiraten in die Reihe meiner sonstigen Misserfolge; dagegen hätte ich an sich nichts, vorausgesetzt, dass Du meine bisherige Erklärung des Misserfolgs annimmst. Es steht tatsächlich in dieser Reihe, nur die Bedeutung der Sache unterschätzt Du und unterschätzt sie derartig, dass wir, wenn wir miteinander davon reden, eigentlich von ganz verschiedenem sprechen. Ich wage zu sagen, dass Dir in Deinem ganzen Leben nichts geschehen ist, was für Dich eine solche Bedeutung gehabt hätte, wie für mich die Heiratsversuche. Damit meine ich nicht, dass Du an sich nichts so Bedeutendes erlebt hättest, im Gegenteil, Dein Leben war viel reicher und sorgenvoller und gedrängter als meines, aber eben deshalb ist Dir nichts derartiges geschehn. Es ist so wie wenn einer fünf niedrige Treppenstufen hinaufzusteigen hat und ein zweiter nur eine Treppenstufe, die aber so hoch ist, wie jene fünf zusammen; der Erste wird nicht nur die fünf bewältigen, sondern noch hunderte und tausende weitere, er wird ein großes und sehr anstrengendes Leben geführt haben, aber keine der Stufen, die er erstiegen hat, wird für ihn eine solche Bedeutung gehabt haben, wie für den Zweiten jene eine, erste, hohe, für alle seine Kräfte unmöglich zu ersteigende Stufe, zu der er nicht hinauf und über die er natürlich auch nicht hinauskommt.

Heiraten, eine Familie gründen, alle Kinder, welche kommen wollen, hinnehmen, in dieser unsicheren Welt erhalten und gar noch ein wenig führen ist meiner Überzeugung nach das äußerste, das einem Menschen überhaupt gelingen kann. Dass es scheinbar so vielen leicht gelingt, ist kein Gegenbeweis, denn erstens gelingt es tatsächlich nicht vielen und zweitens »tun« es diese nicht vielen meistens nicht, sondern es geschieht bloß mit ihnen; das ist zwar nicht jenes äußerste, aber doch noch sehr groß und sehr ehrenvoll (besonders da sich »tun« und »geschehn« nicht rein von einander scheiden

191

lassen). Und schließlich handelt es sich auch gar nicht um dieses äußerste, sondern nur um irgendeine ferne, aber anständige Annäherung; es ist doch nicht notwendig mitten in die Sonne hineinzufliegen, aber doch bis zu einem reinen Plätzchen auf der Erde hinzukriechen, wo manchmal die Sonne hinscheint und man sich ein wenig wärmen kann.

Wie war ich nun auf dieses vorbereitet? Möglichst schlecht. Das geht schon aus dem Bisherigen hervor. Soweit es aber dafür eine direkte Vorbereitung des Einzelnen und eine direkte Schaffung der allgemeinen Grundbedingungen gibt, hast Du äußerlich nicht viel eingegriffen. Es ist auch nicht anders möglich, hier entscheiden die allgemeinen geschlechtlichen Standes-, Volks- und Zeitsitten. Immerhin hast Du auch da eingegriffen, nicht viel, denn die Voraussetzung solchen Eingreifens kann nur starkes gegenseitiges Vertrauen sein und daran fehlte es uns beiden schon längst zur entscheidenden Zeit, und nicht sehr glücklich, weil ja unsere Bedürfnisse ganz verschieden waren; was mich packt, muss Dich noch kaum berühren und umgekehrt, was bei Dir Unschuld ist, kann bei mir Schuld sein und umgekehrt, was bei Dir folgenlos bleibt, kann mein Sargdeckel sein.

Ich erinnere mich, ich ging einmal abends mit Dir und der Mutter spazieren, es war auf dem Josefsplatz in der Nähe der heutigen Länderbank und fing dumm großtuerisch, überlegen, stolz, kühl (das war unwahr), kalt (das war echt) und stotternd wie ich eben meistens mit Dir sprach, von den interessanten Sachen zu reden an, machte Euch Vorwürfe, dass ich unbelehrt gelassen worden bin, dass sich erst die Mitschüler meiner hatten annehmen müssen, dass ich in der Nähe großer Gefahren gewesen bin (hier log ich meiner Art nach unverschämt, um mich mutig zu zeigen, denn infolge meiner Ängstlichkeit hatte ich bis auf die gewöhnlichen Bettsünden der Stadtkinder keine genauere Vorstellung von den »großen Gefahren«) deutete aber zum Schluss an, dass ich jetzt schon glücklicherweise alles wisse, keinen Rat mehr brauche und alles in Ordnung sei. Hauptsächlich hatte ich davon jedenfalls zu reden angefangen, weil es mir Lust machte, davon wenigstens zu reden, dann auch aus Neugierde und schließlich auch, um mich irgendwie für irgendetwas an Euch zu rächen. Du nahmst es entsprechend Deinem Wesen sehr einfach, Du sagtest nur etwa, Du könntest mir einen Rat geben, wie ich ohne Gefahr diese Dinge werde betreiben können. Vielleicht hatte ich gerade eine solche Antwort hervorlocken wollen, sie entsprach ja der Lüsternheit des mit Fleisch und allen guten Dingen überfütterten, körperlich untätigen, mit sich ewig beschäftigten Kindes, aber doch war meine äußerliche Scham dadurch so verletzt oder ich glaubte, sie müsse so verletzt sein, dass ich gegen meinen Willen nicht mehr mit Dir darüber sprechen konnte und hochmütig frech das Gespräch abbrach.

Es ist nicht leicht Deine damalige Antwort zu beurteilen, einerseits hat sie doch etwas niederwerfend offenes, gewissermaßen urzeitliches, andererseits ist sie allerdings, was die Lehre selbst betrifft, sehr neuzeitlich bedenkenlos. Ich weiß nicht, wie alt ich damals war, viel älter als 16 Jahre gewiss nicht. Für einen solchen Jungen war es aber doch eine sehr merkwürdige Antwort und der Abstand zwischen uns beiden zeigt sich auch darin, dass das eigentlich die erste direkte, Leben-umfassende Lehre war, die ich von Dir bekam. Ihr eigentlicher Sinn aber, der sich schon damals in mich einsenkte, mir aber erst viel später halb zu Bewusstsein kam, war folgender: Das, wozu Du mir rietest, war doch das Deiner Meinung und gar erst meiner damaligen Meinung nach schmutzigste, was es gab. Dass Du dafür sorgen wolltest, dass ich körperlich von dem Schmutz nichts nach Hause bringe, war nebensächlich, dadurch schütztest Du ja nur Dich, Dein Haus. Die Hauptsache war vielmehr, dass Du außerhalb Deines Rates bliebst, ein Ehemann, ein reiner Mann, erhaben über diese Dinge; das verschärfte sich damals für mich wahrscheinlich noch dadurch, dass mir auch die Ehe schamlos vorkam und es mir daher unmöglich war, das, was ich allgemeines über die Ehe gehört hatte, auf meine Eltern anzuwenden. Dadurch wurdest Du noch reiner, kamst noch höher. Der Gedanke, dass Du etwa vor der Ehe auch Dir einen ähnlichen Rat hättest geben können, war mir völlig undenkbar. So war also fast kein Restchen irdischen

Schmutzes an Dir. Und eben Du stießest mich, so als wäre ich dazu bestimmt, mit ein paar offenen Worten in diesen Schmutz hinunter. Bestand die Welt also nur aus mir und Dir, eine Vorstellung, die mir sehr nahe lag, dann endete also mit Dir diese Reinheit der Welt und mit mir begann kraft Deines Rates der Schmutz. An sich war es ja unverständlich, dass Du mich so verurteiltest, nur alte Schuld und tiefste Verachtung Deinerseits konnte mir das erklären. Und damit war ich also wieder in meinem innersten Wesen angefasst und zwar sehr hart.

Hier wird vielleicht auch unser beider Schuldlosigkeit am deutlichsten. A gibt dem B einen offenen, seiner Lebensauffassung entsprechenden, nicht sehr schönen, aber doch auch heute in der Stadt durchaus üblichen, Gesundheitsschädigungen vielleicht verhindernden Rat. Dieser Rat ist für B moralisch nicht sehr stärkend, aber warum sollte er sich aus dem Schaden nicht im Laufe der Jahre herausarbeiten können, übrigens muss er ja dem Rat gar nicht folgen und jedenfalls liegt in dem Rat allein kein Anlass dafür, dass über B etwa seine ganze Zukunftswelt zusammenbricht. Und doch geschieht etwas in dieser Art, aber eben nur deshalb weil A Du bist und B ich bin.

Diese beiderseitige Schuldlosigkeit kann ich auch deshalb besonders gut überblicken, weil sich ein ähnlicher Zusammenstoß zwischen uns unter ganz andern Verhältnissen etwa 20 Jahre später wieder ereignet hat, als Tatsache grauenhaft, an und für sich allerdings viel unschädlicher, denn wo war da etwas an mir 36jährigem, dem noch geschadet werden konnte. Ich meine damit eine kleine Aussprache an einem der paar aufgeregten Tage nach Mitteilung meiner letzten Heiratsabsicht. Du sagtest zu mir etwa: »Sie hat wahrscheinlich irgendeine ausgesuchte Bluse angezogen, wie das die Prager Jüdinnen verstehn, und daraufhin hast Du Dich natürlich entschlossen sie zu heiraten. Und zwar möglichst rasch, in einer Woche, morgen, heute. Ich begreife Dich nicht, Du bist doch ein erwachsener Mensch, bist in der Stadt, und weißt Dir keinen andern Rat als gleich eine Beliebige zu heiraten. Gibt es da keine anderen Möglichkeiten? Wenn Du Dich davor fürchtest, werde ich selbst mit Dir hingehn.« Du sprachst ausführlicher und deutlicher, aber ich kann mich an die Einzelheiten nicht mehr erinnern, vielleicht wurde mir auch ein wenig nebelhaft vor den Augen, fast interessierte mich mehr die Mutter, wie sie, zwar vollständig mit Dir einverstanden, immerhin etwas vom Tisch nahm und damit aus dem Zimmer ging.

Tiefer gedemütigt hast Du mich mit Worten wohl kaum und deutlicher mir Deine Verachtung nie gezeigt. Als Du vor 20 Jahren ähnlich zu mir gesprochen hast, hätte man darin mit Deinen Augen sogar etwas Respekt für den frühreifen Stadtjungen sehen können, der Deiner Meinung nach schon so ohne Umwege ins Leben eingeführt werden konnte. Heute könnte diese

Rücksicht die Verachtung nur noch steigern, denn der Junge, der damals einen Anlauf nahm, ist in ihm stecken geblieben und scheint Dir heute um keine Erfahrung reicher, sondern nur um 20 Jahre jämmerlicher. Meine Entscheidung für ein Mädchen bedeutete Dir gar nichts. Du hattest meine Entscheidungskraft (unbewusst) immer niedergehalten und glaubtest jetzt (unbewusst) zu wissen, was sie wert war. Von meinen Rettungsversuchen in anderen Richtungen wusstest Du nichts, daher konntest Du auch von den Gedankengängen, die mich zu diesem Heiratsversuch geführt hatten, nichts wissen, musstest sie zu erraten suchen und rietst entsprechend dem Gesamturteil, das Du über mich hattest, auf das Abscheulichste, Plumpste, Lächerlichste. Und zögertest keinen Augenblick, mir das auf ebensolche Weise zu sagen. Die Schande, die Du damit mir antatest, war Dir nichts im Vergleich zu der Schande, die ich Deiner Meinung nach Deinem Namen durch die Heirat machen würde.

Nun kannst Du ja hinsichtlich meiner Heiratsversuche manches mir antworten und hast es auch getan: Du könntest nicht viel Respekt vor meiner Entscheidung haben, wenn ich die Verlobung mit F. zweimal aufgelöst und zweimal wieder aufgenommen habe, wenn ich dich und die Mutter nutzlos zu der Verlobung nach Berlin geschleppt habe usw. Das alles ist wahr, aber wie kam es dazu?

Der Grundgedanke beider Heiratsversuche war ganz korrekt: einen Hausstand gründen, selbstständig werden. Ein Gedanke, der Dir ja sympathisch ist, nur dass es dann in Wirklichkeit so ausfällt, wie das Kinderspiel, wo einer die Hand des anderen hält und sogar presst und dabei ruft: »Ach geh doch, geh doch, warum gehst Du nicht?« Was sich allerdings in unserem Fall dadurch kompliziert, dass Du das »Geh doch!« seit jeher ehrlich gemeint hast, da Du ebenso seit jeher, ohne es zu wissen, nur kraft Deines Wesens mich gehalten oder richtiger niedergehalten hast.

Beide Mädchen waren zwar durch den Zufall, aber außerordentlich gut gewählt. Wieder ein Zeichen Deines vollständigen Missverstehns, dass Du glauben kannst, ich der Ängstliche, Zögernde, Verdächtigende entschließe mich mit einem Ruck für eine Heirat, etwa aus Entzücken über eine Bluse. Beide Ehen wären vielmehr Vernunftehen geworden, soweit damit gesagt ist, dass Tag und Nacht, das erste Mal Jahre, das zweite Mal Monate, alle meine Denkkraft an den Plan gewendet worden ist.

Keines der Mädchen hat mich enttäuscht, nur ich sie beide. Mein Urteil über sie ist heute genau das gleiche, wie damals als ich sie heiraten wollte.

Es ist auch nicht so, dass ich beim zweiten Heiratsversuch die Erfahrungen des ersten missachtet hätte, also leichtsinnig gewesen wäre. Die Fälle waren eben ganz verschieden, gerade die früheren Erfahrungen konnten mir im zweiten Fall, der überhaupt viel aussichtsreicher war, Hoffnung geben. Von Einzelheiten will ich hier nicht reden.

Warum also habe ich nicht geheiratet? Es gab einzelne Hindernisse wie überall, aber im Nehmen solcher Hindernisse besteht ja das Leben. Das wesentliche, vom einzelnen Fall leider unabhängige Hindernis war aber, dass ich offenbar geistig unfähig bin zu heiraten. Das äußert sich darin, dass ich von dem Augenblick an, wo ich mich entschließe zu heiraten nicht mehr schlafen kann, der Kopf glüht bei Tag und Nacht, es ist kein Leben mehr, ich schwanke verzweifelt herum. Es sind das nicht eigentlich Sorgen, die das verursachen, zwar laufen auch entsprechend meiner Schwerblütigkeit und Pedanterie unzählige Sorgen mit, aber sie sind nicht das entscheidende, sie vollenden zwar wie Würmer die Arbeit am Leichnam, aber entscheidend getroffen bin ich von anderem. Es ist der allgemeine Druck der Angst, der Schwäche, der Selbstmissachtung.

Ich will es näher zu erklären versuchen: Hier beim Heiratsversuch trifft in meinen Beziehungen zu Dir zweierlei scheinbar Entgegengesetztes so stark wie nirgends sonst zusammen. Die Heirat ist gewiss die Bürgschaft für die schärfste Selbstbefreiung und Unabhängigkeit. Ich hätte eine Familie, das Höchste, was man meiner Meinung nach erreichen kann, also auch das Höchste, was Du erreicht hast, ich wäre Dir ebenbürtig, alle alte und ewig neue Schande und Tyrannei wäre bloß noch Geschichte.

Das wäre allerdings märchenhaft, aber darin liegt eben schon das Fragwürdige. Es ist zu viel, so viel kann nicht erreicht werden. Es ist so, wie wenn einer gefangen wäre und er hätte nicht nur die Absicht zu fliehen, was vielleicht erreichbar wäre, sondern auch noch und zwar gleichzeitig die Absicht, das Gefängnis in ein Lustschloss für sich umzubauen. Wenn er aber flieht, kann er nicht umbauen und wenn er umbaut kann er nicht fliehn. Wenn ich in dem besonderen Unglücksverhältnis, in welchem ich zu Dir stehe, selbstständig werden will, muss ich etwas tun, was möglichst gar keine Beziehung zu Dir hat; das Heiraten ist zwar das größte und gibt die ehrenvollste Selbständigkeit, aber es ist auch gleichzeitig in engster Beziehung zu Dir. Hier hinauskommen zu wollen, hat deshalb etwas von Wahnsinn und jeder Versuch wird fast damit gestraft.

Gerade diese enge Beziehung lockt mich ja teil-weise auch zum Heiraten. Ich denke mir diese Ebenbürtigkeit, die dann zwischen uns entstehen würde und die Du verstehen könntest wie keine andere, eben deshalb so schön, weil ich dann ein freier, dankbarer, schuldloser, aufrechter Sohn sein, Du ein unbedrückter, untyrannischer, mitfühlender, zufriedener Vater sein könntest. Aber zu dem Zweck müsste eben alles Geschehene ungeschehen gemacht, d. h. wir selbst ausgestrichen werden.

So wie wir aber sind, ist mir das Heiraten dadurch verschlossen, dass es gerade Dein eigenes Gebiet ist.

Manchmal stelle ich mir die Erdkarte ausgespannt und Dich quer über sie hin ausgestreckt vor. Und es ist mir dann, als kämen für mein Leben nur die Gegenden in Betracht, die Du entweder nicht bedeckst oder die nicht in Deiner Reichweite liegen. Und das sind entsprechend der Vorstellung, die ich von Deiner Größe habe, nicht viele und nicht sehr trostreiche Gegenden und besonders die Ehe ist nicht darunter.

Schon dieser Vergleich beweist, dass ich keineswegs sagen will, Du hättest mich durch Dein Beispiel aus der Ehe, so etwa wie aus dem Geschäft verjagt. Im Gegenteil, trotz aller fernen Ähnlichkeit. Ich hatte in Eurer Ehe eine in vielem mustergültige Ehe vor mir, mustergültig in Treue, gegenseitiger Hilfe, Kinderzahl, und selbst als dann die Kinder groß wurden und immer mehr den Frieden störten, blieb die Ehe als solche davon unberührt. Gerade an diesem Beispiel bildete sich vielleicht auch mein hoher Begriff von der Ehe; dass das Verlangen nach der Ehe ohnmächtig war, hatte eben andere Gründe. Sie lagen in Deinem Verhältnis zu den Kindern, von dem ja der ganze Brief handelt.

Es gibt eine Meinung, nach der die Angst vor der Ehe manchmal davon herrührt, dass man fürchtet, die Kinder würden einem später das heimzahlen, was man selbst an den eigenen Eltern gesündigt hat. Das hat, glaube ich, in meinem Fall keine sehr große Bedeutung, denn mein Schuldbewusstsein stammt ja eigentlich von Dir und ist auch zu sehr von seiner Einzigartigkeit durchdrungen, ja dieses Gefühl der Einzigartigkeit gehört zu seinem quälenden Wesen, eine Wiederholung ist unausdenkbar. Immerhin muss ich sagen, dass mir ein solcher stummer, dumpfer, trockener, verfallener Sohn unerträglich wäre, ich würde wohl, wenn keine andere Möglichkeit wäre, vor ihm fliehn, auswandern, wie Du es erst wegen meiner Heirat machen wolltest. Also mitbeeinflusst mag ich bei meiner Heiratsunfähigkeit auch davon sein.

Viel wichtiger aber ist dabei die Angst um mich. Das ist so zu verstehn: Ich habe schon angedeutet, dass ich im Schreiben und in dem, was damit zusammenhängt, kleine Selbstständigkeitsversuche, Fluchtversuche mit allerkleinstem Erfolg gemacht habe, sie werden kaum weiterführen, vieles bestätigt mir das. Trotzdem ist es meine Pflicht oder vielmehr es besteht mein Leben darin, über ihnen zu wachen, keine Gefahr, die ich abwehren kann, ja keine Möglichkeit einer solcher Gefahr an sie herankommen zu lassen. Die Ehe ist die Möglichkeit einer solchen Gefahr, allerdings auch die Möglichkeit der größten Förderung, mir aber genügt, dass es die Möglichkeit einer Gefahr ist. Was würde ich dann anfangen, wenn es doch eine Gefahr wäre! Wie könnte ich in der Ehe weiterleben in dem vielleicht unbeweisbaren, aber jedenfalls unwiderleglichen Gefühl dieser Gefahr! Demgegenüber kann ich zwar schwanken, aber der schließliche Ausgang ist gewiss, ich muss verzichten. Der Vergleich von dem Sperling in der Hand und der Taube auf dem Dach passt hier nur sehr entfernt. In der Hand habe ich nichts, auf dem Dach ist alles und doch muss ich – so entscheiden es die Kampfverhältnisse und die Lebensnot – das Nichts wählen. Ähnlich habe ich ja auch bei der Berufswahl wählen müssen.

Das wichtigste Ehehindernis aber ist die schon unausrottbare Überzeugung, dass zur Familienerhaltung und gar zu ihrer Führung alles das notwendig gehört, was ich an Dir erkannt habe und zwar alles zusammen, Gutes und Schlechtes, so wie es organisch in Dir vereinigt ist, also Stärke und Verhöhnung des andern, Gesundheit und eine gewisse Maßlosigkeit, Redebegabung und Unzulänglichkeit, Selbstvertrauen und Unzufriedenheit mit jedem andern, Weltüberlegenheit und Tyrannei, Menschenkenntnis und Misstrauen gegenüber den meisten, dann auch Vorzüge ohne jeden Nachteil wie Fleiß, Ausdauer, Geistesgegenwart, Unerschrockenheit. Von alledem hatte ich vergleichsweise fast nichts oder nur sehr wenig und damit wollte ich zu heiraten wagen, während ich doch sah, dass selbst Du in der Ehe schwer zu kämpfen hattest und gegenüber den Kindern sogar versagtest? Diese Frage stellte ich mir natürlich nicht ausdrücklich und beantworte sie nicht ausdrücklich, sonst hätte sich ja das gewöhnliche Denken der Sache bemächtigt und mir andere Männer gezeigt, welche anders sind als Du (um in der Nähe einen von Dir sehr verschiedenen zu nennen: Onkel Richard) und

203

doch geheiratet haben und darunter wenigstens nicht zusammengebrochen sind, was schon sehr viel ist und mir reichlich genügt hätte. Aber diese Frage stellte ich eben nicht, sondern erlebte sie von Kindheit an. Ich prüfte mich ja nicht erst gegenüber der Ehe sondern gegenüber jeder Kleinigkeit; gegenüber jeder Kleinigkeit überzeugtest Du mich durch Dein Beispiel und durch Deine Erziehung, so wie ich es zu beschreiben versucht habe, von meiner Unfähigkeit und was bei jeder Kleinigkeit stimmte und Dir Recht gab, musste natürlich ungeheuerlich stimmen vor dem größten, also vor der Ehe. Bis zu den Heiratsversuchen bin ich aufgewachsen etwa wie ein Geschäftsmann, der zwar mit Sorgen und schlimmen Ahnungen, aber ohne genaue Buchführung in den Tag hineinlebt. Er hat ein paar kleine Gewinne, die er infolge ihrer Seltenheit in seiner Vorstellung immerfort hätschelt und übertreibt, und sonst nur tägliche Verluste. Alles wird eingetragen, aber niemals bilanziert. Jetzt kommt der Zwang zur Bilanz d. h. der Heiratsversuch. Und es ist bei den großen Summen, mit denen hier zu rechnen ist, so, als ob niemals auch nur der kleinste Gewinn gewesen wäre, alles eine einzige große Schuld. Und jetzt heirate, ohne wahnsinnig zu werden!

So endet mein bisheriges Leben mit Dir und solche Aussichten trägt es in sich für die Zukunft.

Du könntest, wenn Du meine Begründung der Furcht, die ich vor Dir habe, überblickst, antworten:

»Du behauptest, ich mache es mir leicht, wenn ich mein Verhältnis zu Dir einfach durch Dein Verschulden erkläre, ich aber glaube, dass Du trotz äußerlicher Anstrengung es Dir zumindest nicht schwerer, aber viel einträglicher machst. Zuerst lehnst auch Du jede Schuld und Verantwortung von Dir ab, darin ist also unser Verfahren das gleiche. Während ich aber dann so offen, wie ich es auch meine, die alleinige Schuld Dir zuschreibe, willst Du gleichzeitig ›übergescheit‹ und ›überzärtlich‹ sein und auch mich von jeder Schuld freisprechen. Natürlich gelingt Dir das letztere nur scheinbar (mehr willst Du ja auch nicht) und es ergibt sich zwischen den Zeilen trotz aller ›Redensarten‹ von Wesen und Natur und Gegensatz und Hilflosigkeit, dass eigentlich ich der Angreifer gewesen bin, während alles, was Du getrieben hast, nur Selbstwehr war. Jetzt hättest Du also schon durch Deine Unaufrichtigkeit genug erreicht, denn Du hast dreierlei bewiesen, erstens dass Du unschuldig bist, zweitens dass ich schuldig bin und drittens dass Du aus lauter Großartigkeit bereit bist, nicht nur mir zu verzeihn, sondern, was mehr und weniger ist, auch noch zu beweisen und es selbst glauben zu wollen, dass ich, allerdings entgegen der Wahrheit, auch unschuldig bin. Das könnte Dir jetzt schon genügen, aber es genügt Dir noch nicht. Du hast es Dir nämlich in den Kopf gesetzt, ganz und gar von mir leben zu wollen. Ich gebe zu, dass wir miteinander kämpfen, aber es gibt zweierlei Kampf. Den ritterlichen

Kampf, wo sich die Kräfte selbstständiger Gegner messen, jeder bleibt für sich, verliert für sich, siegt für sich. Und den Kampf des Ungeziefers, welches nicht nur sticht, sondern gleich auch zu seiner Lebenserhaltung das Blut saugt. Das ist ja der eigentliche Berufssoldat und das bist Du. Lebensuntüchtig bist Du; um es Dir aber darin bequem, sorgenlos und ohne Selbstvorwürfe einrichten zu können, beweist Du, dass ich alle Deine Lebenstüchtigkeit Dir genommen und in meine Taschen gesteckt habe. Was kümmert es Dich jetzt, wenn Du lebensuntüchtig bist, ich habe ja die Verantwortung, Du aber streckst Dich ruhig aus und lässt Dich, körperlich und geistig, von mir durchs Leben schleifen. Ein Beispiel: Als Du letzthin heiraten wolltest, wolltest Du, das gibst Du ja in diesem Brief zu, gleichzeitig nicht heiraten, wolltest aber, um Dich nicht anstrengen zu müssen, dass ich Dir zum Nichtheiraten verhelfe, indem ich wegen der ›Schande‹, die die Verbindung meinem Namen machen würde, Dir diese Heirat verbiete. Das fiel mir nun aber gar nicht ein. Erstens wollte ich Dir hier, wie auch sonst nie ›in Deinem Glück hinderlich sein‹ und zweitens will ich niemals einen derartigen Vorwurf von meinem Kind zu hören bekommen. Hat mir aber die Selbstüberwindung, mit der ich Dir die Heirat freistellte, etwas geholfen? Nicht das geringste. Meine Abneigung gegen die Heirat hätte sie nicht verhindert, im Gegenteil, es wäre an sich noch ein Anreiz mehr für Dich gewesen, das Mädchen zu heiraten, denn der ›Fluchtversuch‹, wie Du Dich ausdrückst, wäre ja dadurch vollkommener geworden. Und meine Erlaubnis zur Heirat hat Deine Vorwürfe nicht verhindert, denn Du beweist ja, dass ich auf jeden Fall an Deinem Nichtheiraten schuld bin. Im Grunde aber hast Du hier und in allem anderen für mich nichts anderes bewiesen, als dass alle meine Vorwürfe berechtigt waren und dass unter ihnen noch ein besonders berechtigter Vorwurf gefehlt hat, nämlich der Vorwurf der Unaufrichtigkeit, der Liebedienerei, des Schmarotzertums. Wenn ich nicht sehr irre, schmarotzest Du an mir auch noch mit diesem Brief als solchem.«

Darauf antworte ich, dass zunächst dieser ganze Einwurf, der sich zum Teil auch gegen Dich kehren lässt, nicht von Dir stammt, sondern eben von mir. So groß ist ja nicht einmal Dein Misstrauen gegen andere, wie mein Selbstmisstrauen, zu dem Du mich erzogen hast. Eine gewisse Berechtigung des Einwurfes, der ja auch noch an sich zur Charakterisierung unseres Verhältnisses Neues beiträgt, leugne ich nicht. So können natürlich die Dinge in Wirklichkeit nicht aneinanderpassen, wie die Beweise in meinem Brief, das Leben ist mehr als ein Geduldspiel; aber mit der Korrektur, die sich durch diesen Einwurf ergibt, einer Korrektur, die ich im Einzelnen weder ausführen kann noch will, ist meiner Meinung nach doch etwas der Wahrheit so sehr Angenähertes erreicht, dass es uns beide ein wenig beruhigen und Leben und Sterben leichter machen kann.

Franz

Der Prozess

Verhaftung · Gespräch mit Frau Grubach · dann Fräulein Bürstner

Jemand musste Josef K. verleumdet haben, denn ohne dass er etwas Böses getan hätte, wurde er eines Morgens verhaftet. Die Köchin der Frau Grubach, seiner Zimmervermieterin, die ihm jeden Tag gegen acht Uhr früh das Frühstück brachte, kam diesmal nicht. Das war noch niemals geschehen. K. wartete noch ein Weilchen, sah von seinem Kopfkissen aus die alte Frau, die ihm gegenüber wohnte und die ihn mit einer an ihr ganz ungewöhnlichen Neugierde beobachtete, dann aber, gleichzeitig befremdet und hungrig, läutete er. Sofort klopfte es und ein Mann, den er in dieser Wohnung noch niemals gesehen hatte, trat ein. Er war schlank und doch fest gebaut, er trug ein anliegendes schwarzes Kleid, das ähnlich den Reiseanzügen mit verschiedenen Falten, Taschen, Schnallen, Knöpfen und einem Gürtel versehen war und infolgedessen, ohne dass man sich darüber klar wurde, wozu es dienen sollte, besonders praktisch erschien. »Wer sind Sie?«, fragte K. und saß gleich halb aufrecht im Bett. Der Mann aber ging über die Frage hinweg, als müsse man seine Erscheinung hinnehmen, und sagte bloß seinerseits: »Sie haben geläutet?« »Anna soll mir das Frühstück bringen«, sagte K. und versuchte zunächst stillschweigend durch Aufmerksamkeit und Überlegung festzustellen, wer der Mann eigentlich war. Aber dieser setzte sich nicht allzu lange seinen Blicken aus, sondern wandte sich zur Tür, die er ein wenig öffnete, um jemandem, der offenbar knapp hinter der Tür stand, zu sagen: »Er will, dass Anna ihm das Frühstück bringt.« Ein kleines Gelächter im Nebenzimmer folgte, es war nach dem Klang nicht sicher, ob nicht mehrere Personen daran beteiligt waren. Trotzdem der fremde Mann dadurch nichts erfahren haben konnte, was er nicht schon früher gewusst hätte, sagte er nun doch zu K. im Tone einer Meldung: »Es ist unmöglich.« »Das wäre neu«, sagte K., sprang aus dem Bett und zog rasch seine Hosen an. »Ich will doch sehn, was für Leute im Nebenzimmer sind und wie Frau Grubach diese Störung mir gegenüber verantworten wird.« Es fiel ihm zwar gleich ein, dass er das nicht hätte laut sagen müssen und dass er dadurch gewissermaßen ein Beaufsichtigungsrecht des Fremden anerkannte, aber es schien ihm jetzt nicht wichtig. Immerhin fasste es der Fremde so auf, denn er sagte: »Wollen Sie nicht lieber hierbleiben?« »Ich will weder hierbleiben noch von Ihnen angesprochen werden, solange Sie sich mir nicht vorstellen.« »Es war gut gemeint«, sagte der Fremde und öffnete nun freiwillig die Tür. Im Nebenzimmer, in das K. langsamer eintrat als er wollte, sah es auf den ersten Blick fast genau so aus, wie am Abend vorher. Es war das Wohnzimmer der Frau Grubach, vielleicht war in diesem mit Möbeln, Decken, Porzellan und Fotografien überfüllten Zimmer heute ein wenig mehr Raum als sonst, man erkannte das nicht gleich, umso weniger, als die Hauptveränderung in der Anwesenheit eines Mannes bestand, der beim offenen Fenster mit einem Buch saß, von dem er jetzt aufblickte. »Sie hätten in Ihrem Zimmer bleiben sollen! Hat es Ihnen denn Franz nicht gesagt?« »Ja, was wollen Sie denn?«, sagte K. und sah von der neuen Bekanntschaft zu dem mit Franz Benannten, der in der Tür stehengeblieben war, und dann wieder zurück. Durch das offene Fenster erblickte man wieder die alte Frau, die mit wahrhaft greisenhafter Neugierde zu dem jetzt gegenüberliegenden Fenster getreten war, um auch weiterhin alles zu sehn. »Ich will doch Frau Grubach –«, sagte K., machte eine Bewegung, als reiße er sich von den zwei Männern los, die aber weit von ihm entfernt standen, und wollte weitergehn. »Nein«, sagte der Mann beim Fenster, warf das Buch auf ein Tischchen und stand auf. »Sie dürfen nicht weggehn, Sie sind ja gefangen.« »Es sieht so aus«, sagte K. »Und warum denn?«, fragte er dann. »Wir sind nicht dazu bestellt, Ihnen das zu sagen. Gehn Sie in Ihr Zimmer und warten Sie. Das Verfahren ist nun einmal eingeleitet und Sie werden alles zur richtigen Zeit erfahren. Ich gehe über meinen Auftrag hinaus, wenn ich Ihnen so freundschaftlich zurede. Aber ich hoffe, es hört es niemand sonst als Franz und der ist selbst gegen alle Vorschrift freundlich zu Ihnen. Wenn Sie auch weiterhin so viel Glück haben wie bei der Bestimmung Ihrer Wächter, dann können Sie zuversichtlich sein.« K. wollte sich setzen, aber nun sah er, dass im ganzen Zimmer keine Sitzgelegenheit war, außer dem Sessel beim Fenster. »Sie werden noch einsehn, wie wahr das alles ist«, sagte Franz und ging gleichzeitig mit dem andern Mann auf ihn zu. Besonders der letztere überragte K. bedeutend und klopfte ihm öfters auf die Schulter. Beide prüften K.s Nachthemd und sagten, dass er jetzt ein viel schlechteres Hemd werde anziehn müssen, dass sie aber dieses Hemd wie auch seine übrige Wäsche aufbewahren und, wenn seine Sache günstig ausfallen sollte, ihm wieder zurückgeben würden. »Es ist besser, Sie geben die Sachen uns als ins Depot«, sagten sie, »denn im Depot kommen öfters Unterschleife vor und außerdem verkauft man dort alle Sachen nach einer gewissen Zeit ohne Rücksicht, ob das betreffende Verfahren zu Ende ist oder nicht. Und wie lange dauern doch derartige Prozesse besonders in letzter Zeit. Sie bekämen dann schließlich allerdings vom Depot den Erlös, aber dieser Erlös ist erstens an sich schon gering, denn beim Verkauf entscheidet nicht die Höhe des Angebotes, sondern die Höhe der Bestechung, und weiter verringern sich solche Erlöse erfahrungsgemäß, wenn sie von Hand zu Hand und von Jahr zu Jahr weitergegeben werden.« K. achtete auf diese Reden kaum, das Verfügungsrecht über seine Sachen, das er vielleicht noch besaß, schätzte er nicht hoch ein, viel wichtiger war es ihm, Klarheit über seine Lage zu bekommen; in Gegenwart dieser Leute konnte er aber nicht einmal nachdenken, immer wieder stieß der Bauch des zweiten Wächters – es konnten ja nur Wächter sein – förmlich freundschaftlich an ihn, sah er aber auf, dann erblickte er ein zu diesem dicken Körper gar nicht passendes trockenes, knochiges Gesicht, mit starker, seitlich gedrehter Nase, das sich über ihn hinweg mit dem andern Wächter verständigte. Was waren denn das für Menschen? Wovon sprachen sie? Welcher Behörde gehörten sie an? K. lebte doch in einem Rechtsstaat, überall herrschte Friede, alle Gesetze bestanden aufrecht, wer wagte ihn in seiner Wohnung zu überfallen? Er neigte stets dazu, alles möglichst leicht zu nehmen, das Schlimmste erst beim Eintritt des Schlimmsten zu glauben, keine Vorsorge für die Zukunft zu treffen, selbst wenn alles drohte. Hier schien ihm das aber nicht richtig, man konnte zwar das Ganze als Spaß ansehn, als einen groben Spaß, den ihm aus unbekannten Gründen, vielleicht weil heute sein dreißigster Geburtstag war, die Kollegen in der Bank veranstaltet hatten, es war natürlich möglich, vielleicht brauchte er nur auf irgendeine Weise den Wächtern ins Gesicht zu lachen und sie würden mitlachen, vielleicht waren es Dienstmänner von der Straßenecke, sie sahen ihnen nicht unähnlich – trotzdem war er diesmal förmlich schon seit dem ersten Anblick des Wächters Franz entschlossen, nicht den geringsten Vorteil, den er vielleicht gegenüber diesen Leuten besaß, aus der Hand zu geben. Darin, dass man später sagen würde, er habe keinen Spaß verstanden, sah K. eine ganz geringe Gefahr, wohl aber erinnerte er sich – ohne dass es sonst seine Gewohnheit gewesen wäre, aus Erfahrungen zu lernen – an einige an sich unbedeutende Fälle, in denen er zum Unterschied von seinen Freunden mit Bewusstsein, ohne das geringste Gefühl für die möglichen Folgen sich unvorsichtig benommen hatte und dafür durch das Ergebnis gestraft worden war. Es sollte nicht wieder geschehen, zumindest nicht diesmal; war es eine Komödie, so wollte er mitspielen.

Noch war er frei. »Erlauben Sie«, sagte er und ging eilig zwischen den Wächtern durch in sein Zimmer. »Er scheint vernünftig zu sein«, hörte er hinter sich sagen. In seinem Zimmer riss er gleich die Schubladen des Schreibtischs auf, es lag dort alles in großer Ordnung, aber gerade die Legitimationspapiere, die er suchte, konnte er in der Aufregung nicht gleich finden. Schließlich fand er seine Radfahrlegitimation und wollte schon mit ihr zu den Wächtern gehn, dann aber schien ihm das Papier zu geringfügig und er suchte weiter, bis er den Geburtsschein fand. Als er wieder in das Nebenzimmer zurückkam, öffnete sich gerade die gegenüberliegende Tür und Frau Grubach wollte dort eintreten. Man sah sie nur einen Augenblick, denn kaum hatte sie K. erkannt, als sie offenbar verlegen wurde, um Verzeihung bat, verschwand und äußerst vorsichtig die Tür schloss. »Kommen Sie doch herein«, hatte K. gerade noch sagen können. Nun aber stand er mit seinen Papieren in der Mitte des Zimmers, sah noch auf die Tür hin, die sich nicht wieder öffnete, und wurde erst durch einen Anruf der Wächter aufgeschreckt, die bei dem Tischchen am offenen Fenster saßen und, wie K. jetzt erkannte, sein Frühstück verzehrten. »Warum ist sie nicht eingetreten?«, fragte er. »Sie darf nicht«, sagte der große Wächter. »Sie sind doch verhaftet.« »Wie kann ich denn verhaftet sein? Und gar auf diese Weise?« »Nun fangen Sie also wieder an«, sagte der Wächter und tauchte ein Butterbrot ins Honigfässchen. »Solche Fragen beantworten wir nicht.« »Sie werden sie beantworten müssen«, sagte K. »Hier sind meine Legitimationspapiere, zeigen Sie mir jetzt die Ihrigen und vor allem den Verhaftbefehl.« »Du lieber Himmel«, sagte der Wächter, »dass Sie sich in Ihre Lage nicht fügen können und dass Sie es darauf angelegt zu haben scheinen, uns, die wir Ihnen jetzt wahrscheinlich von allen Ihren Mitmenschen am nächsten stehn, nutzlos zu reizen.« »Es ist so, glauben Sie es doch«, sagte Franz, führte die Kaffeetasse, die er in der Hand hielt, nicht zum Mund, sondern sah K. mit einem langen, wahrscheinlich bedeutungsvollen, aber unverständlichen Blick an. K. ließ sich, ohne es zu wollen, in ein Zwiegespräch der Blicke mit Franz

215

ein, schlug dann aber doch auf seine Papiere und sagte: »Hier sind meine Legitimationspapiere.« »Was kümmern uns denn die?«, rief nun schon der große Wächter. »Sie führen sich ärger auf als ein Kind. Was wollen Sie denn? Wollen Sie Ihren großen verfluchten Prozess dadurch zu einem raschen Ende bringen, dass Sie mit uns, den Wächtern, über Legitimation und Verhaftbefehl diskutieren. Wir sind niedrige Angestellte, die sich in einem Legitimationspapier kaum auskennen und die mit Ihrer Sache nichts anderes zu tun haben, als dass sie zehn Stunden täglich bei Ihnen Wache halten und dafür bezahlt werden. Das ist alles, was wir sind, trotzdem aber sind wir fähig, einzusehn, dass die hohen Behörden, in deren Dienst wir stehn, ehe sie eine solche Verhaftung verfügen, sich sehr genau über die Gründe der Verhaftung und die Person des Verhafteten unterrichten. Es gibt darin keinen Irrtum. Unsere Behörde, soweit ich sie kenne, und ich kenne nur die niedrigsten Grade, sucht doch nicht etwa die Schuld in der Bevölkerung, sondern wird, wie es im Gesetz heißt, von der Schuld angezogen und muss uns Wächter ausschicken. Das ist Gesetz. Wo gäbe es da einen Irrtum?« »Dieses Gesetz kenne ich nicht«, sagte K. »Desto schlimmer für Sie«, sagte der Wächter. »Es besteht wohl auch nur in Ihren Köpfen«, sagte K., er wollte sich irgendwie in die Gedanken der Wächter einschleichen, sie zu seinen Gunsten wenden oder sich dort einbürgern. Aber der Wächter sagte nur abweisend:

»Sie werden es zu fühlen bekommen.« Franz mischte sich ein und sagte: »Sieh, Willem, er gibt zu, er kenne das Gesetz nicht und behauptet gleichzeitig, schuldlos zu sein.« »Du hast ganz recht, aber ihm kann man nichts begreiflich machen«, sagte der andere. K. antwortete nichts mehr; muss ich, dachte er, durch das Geschwätz dieser niedrigsten Organe – sie geben selbst zu, es zu sein – mich noch mehr verwirren lassen? Sie reden doch jedenfalls von Dingen, die sie gar nicht verstehn. Ihre Sicherheit ist nur durch ihre Dummheit möglich. Ein paar Worte, die ich mit einem mir ebenbürtigen Menschen sprechen werde, werden alles unvergleichlich klarer machen als die längsten Reden mit diesen. Er ging einige Male in dem freien Raum des Zimmers auf und ab, drüben sah er die alte Frau, die einen noch viel ältern Greis zum Fenster gezerrt hatte, den sie umschlungen hielt. K. musste dieser Schaustellung ein Ende machen: »Führen Sie mich zu Ihrem Vorgesetzten«, sagte er. »Bis er es wünscht; nicht früher«, sagte der Wächter, der Willem genannt worden war. »Und nun rate ich Ihnen«, fügte er hinzu, »in Ihr Zimmer zu gehn, sich ruhig zu verhalten und darauf zu warten, was über Sie verfügt werden wird. Wir raten Ihnen, zerstreuen Sie sich nicht durch nutzlose Gedanken, sondern sammeln Sie sich, es werden große Anforderungen an Sie gestellt werden. Sie haben uns nicht so behandelt, wie es unser Entgegenkommen verdient hätte, Sie haben vergessen, dass wir, mögen wir auch sein was immer, zumindest jetzt Ihnen gegenüber freie Männer sind, das ist kein kleines Übergewicht. Trotzdem sind wir bereit, falls Sie Geld haben, Ihnen ein kleines Frühstück aus dem Kaffeehaus drüben zu bringen.«

Ohne auf dieses Angebot zu antworten, stand K. ein Weilchen lang still. Vielleicht würden ihn die beiden, wenn er die Tür des folgenden Zimmers oder gar die Tür des Vorzimmers öffnen würde, gar nicht zu hindern wagen, vielleicht wäre es die einfachste Lösung des Ganzen, dass er es auf die Spitze trieb. Aber vielleicht würden sie ihn doch packen, und war er einmal niedergeworfen, so war auch alle Überlegenheit verloren, die er jetzt ihnen gegenüber in gewisser Hinsicht doch wahrte. Deshalb zog er die Sicherheit der Lösung vor, wie sie der natürliche Verlauf bringen musste, und ging in sein Zimmer zurück, ohne dass von seiner Seite oder von Seite der Wächter ein weiteres Wort gefallen wäre.

Er warf sich auf sein Bett und nahm vom Waschtisch einen schönen Apfel, den er sich gestern Abend für das Frühstück vorbereitet hatte. Jetzt war er sein einziges Frühstück und jedenfalls, wie er sich beim ersten großen Bissen versicherte, viel besser, als das Frühstück aus dem schmutzigen Nachtcafé gewesen wäre, das er durch die Gnade der Wächter hätte bekommen können. Er fühlte sich wohl und zuversichtlich, in der Bank versäumte er zwar heute Vormittag seinen Dienst, aber das war bei der verhältnismäßig hohen Stellung, die er dort einnahm, leicht entschuldigt. Sollte er die wirkliche Entschuldigung anführen? Er gedachte es zu tun. Würde man ihm nicht glauben, was in diesem Fall begreiflich war, so konnte er Frau Grubach als Zeugin führen oder auch die beiden Alten von drüben, die wohl jetzt auf dem Marsch zum gegenüberliegenden Fenster waren. Es wunderte K., wenigstens aus dem Gedankengang der Wächter wunderte es ihn, dass sie ihn in das Zimmer getrieben und ihn hier allein gelassen hatten, wo er doch mehrfache Möglichkeit hatte, sich umzubringen. Gleichzeitig allerdings fragte er sich, aus seinem Gedankengang, was für einen Grund er haben könnte, es zu tun. Etwa, weil die zwei nebenan saßen und sein Frühstück abgefangen hatten. Es wäre so sinnlos gewesen sich umzubringen, dass er, selbst wenn er es hätte tun wollen, infolge der Sinnlosigkeit dazu nicht imstande gewesen wäre. Wäre die geistige Beschränktheit der Wächter nicht so auffallend gewesen, so hätte man annehmen können, dass auch sie infolge der gleichen Überzeugung keine Gefahr darin gesehen hätten, ihn allein zu lassen. Sie mochten jetzt, wenn sie wollten, zusehn, wie er zu einem Wandschränkchen ging, in dem er einen guten Schnaps aufbewahrte, wie er ein Gläschen zuerst zum Ersatz des Frühstücks leerte und wie er ein zweites Gläschen dazu bestimmte, ihm Mut zu machen, das letztere nur aus Vorsicht für den unwahrscheinlichen Fall, dass es nötig sein sollte.

Da erschreckte ihn ein Zuruf aus dem Nebenzimmer derartig, dass er mit den Zähnen ans Glas schlug.

»Der Aufseher ruft Sie«, hieß es. Es war nur das Schreien, das ihn erschreckte, dieses kurze abgehackte militärische Schreien, das er dem Wächter Franz gar nicht zugetraut hätte. Der Befehl selbst war ihm sehr willkommen, »endlich«, rief er zurück, versperrte den Wandschrank und eilte sofort ins Nebenzimmer. Dort standen die zwei Wächter und jagten ihn, als wäre das selbstverständlich, wieder in sein Zimmer zurück. »Was fällt Euch ein?«, riefen sie, »im Hemd wollt Ihr vor den Aufseher? Er lässt Euch durchprügeln und uns mit.« »Lasst mich, zum Teufel«, rief K., der schon bis zu seinem Kleiderkasten zurückgedrängt war, »wenn man mich im Bett überfällt, kann man nicht erwarten, mich im Festanzug zu finden.« »Es hilft nichts«, sagten die Wächter, die immer, wenn K. schrie, ganz ruhig, ja fast traurig wurden und ihn dadurch verwirrten oder gewissermaßen zur Besinnung brachten. »Lächerliche Zeremonien!«, brummte er noch, hob aber schon einen Rock vom Stuhl und hielt ihn ein Weilchen mit beiden Händen, als unterbreite er ihn dem Urteil der Wächter. Sie schüttelten die Köpfe. »Es muss ein schwarzer Rock sein«, sagten sie. K. warf daraufhin den Rock zu Boden und sagte – er wusste selbst nicht, in welchem Sinn er es sagte –: »Es ist doch noch nicht die Hauptverhandlung.« Die Wächter lächelten, blieben aber bei ihrem: »Es muss ein schwarzer Rock sein.« »Wenn ich dadurch die Sache beschleunige, soll es mir recht sein«, sagte K., öffnete selbst den Kleiderkasten, suchte lange unter den vielen Kleidern, wählte sein bestes schwarzes Kleid, ein Jackettkleid, das durch seine Taille unter den Bekannten fast Aufsehen gemacht hatte, zog nun auch ein anderes Hemd hervor und begann sich sorgfältig anzuziehn. Im Geheimen glaubte er eine Beschleunigung des Ganzen damit erreicht zu haben, dass die Wächter vergessen hatten, ihn zum Bad zu zwingen. Er beobachtete sie, ob sie sich vielleicht daran doch erinnern würden, aber das fiel ihnen natürlich gar nicht ein, dagegen vergaß Willem nicht, Franz mit der Meldung, dass sich K. anziehe, zum Aufseher zu schicken.

Als er vollständig angezogen war, musste er knapp vor Willem durch das leere Nebenzimmer in das folgende Zimmer gehn, dessen Tür mit beiden Flügeln bereits geöffnet war. Dieses Zimmer wurde, wie K. genau wusste, seit kurzer Zeit von einem Fräulein Bürstner, einer Schreibmaschinistin, bewohnt, die sehr früh in die Arbeit zu gehen pflegte, spät nach Hause kam und mit der K. nicht viel mehr als die Grußworte gewechselt hatte. Jetzt war das Nachttischchen von ihrem Bett als Verhandlungstisch in die Mitte des Zimmers gerückt und der Aufseher saß hinter ihm. Er hatte die Beine übereinandergeschlagen und einen Arm auf die Rückenlehne des Stuhles gelegt.

In einer Ecke des Zimmers standen drei junge Leute und sahen die Fotografien des Fräulein Bürstner an, die in einer an der Wand aufgehängten Matte steckten. An der Klinke des offenen Fensters hing eine weiße Bluse.

Im gegenüberliegenden Fenster lagen wieder die zwei Alten, doch hatte sich ihre Gesellschaft vergrößert, denn hinter ihnen, sie weit überragend, stand ein Mann mit einem auf der Brust offenen Hemd, der seinen rötlichen Spitzbart mit den Fingern drückte und drehte. »Josef K.?«, fragte der Aufseher, vielleicht nur um K.s zerstreute Blicke auf sich zu lenken. K. nickte. »Sie sind durch die Vorgänge des heutigen Morgens wohl sehr überrascht«, fragte der Aufseher und verschob dabei mit beiden Händen die paar Gegenstände, die auf dem Nachttischchen lagen, die Kerze mit Zündhölzchen, ein Buch und ein Nadelkissen, als seien es Gegenstände, die er zur Verhandlung benötige. »Gewiss«, sagte K. und das Wohlgefühl, endlich einem vernünftigen Menschen gegenüberzustehen und über seine Angelegenheit mit ihm sprechen zu können, ergriff ihn, »gewiss, ich bin überrascht, aber ich bin keineswegs sehr überrascht.« »Nicht sehr überrascht?«, fragte der Aufseher und stellte nun die Kerze in die Mitte des Tischchens, während er die andern Sachen um sie gruppierte. »Sie missverstehen mich vielleicht«, beeilte sich K. zu bemerken. »Ich meine« – Hier unterbrach sich K. und sah sich nach einem Sessel um. »Ich kann mich doch setzen?«, fragte er. »Es ist nicht üblich«, antwortete der Aufseher. »Ich meine«, sagte nun K. ohne weitere Pause, »ich bin allerdings sehr überrascht, aber man ist, wenn man 30 Jahre auf der Welt ist und sich allein hat durchschlagen müssen, wie es mir beschieden war, gegen Überraschungen abgehärtet und nimmt sie nicht zu schwer. Besonders die heutige nicht.« »Warum besonders die heutige nicht?« »Ich will nicht sagen, dass ich das Ganze für einen Spaß ansehe, dafür scheinen mir die Veranstaltungen, die gemacht wurden, doch zu umfangreich. Es müssten alle Mitglieder der Pension daran beteiligt sein und auch Sie alle, das ginge über die Grenzen eines Spaßes. Ich will also nicht sagen, dass es ein Spaß ist.« »Ganz richtig«, sagte der Aufseher und sah nach, wie viel Zündhölzchen in der Zündhölzchenschachtel waren. »Andererseits aber«, fuhr K. fort und wandte sich hierbei an alle und hätte gern sogar die drei bei den Fotografien sich zugewendet, »andererseits aber kann die Sache auch nicht viel Wichtigkeit haben. Ich folgere das daraus, dass ich angeklagt bin, aber nicht die geringste Schuld auffinden kann, wegen deren man mich anklagen könnte. Aber auch das ist nebensächlich, die Hauptfrage ist, von wem bin ich angeklagt? Welche Behörde führt das Verfahren? Sind Sie Beamte? Keiner hat eine Uniform, wenn man nicht Ihr Kleid« – hier wandte er sich an Franz – »eine Uniform nennen will, aber es ist doch eher ein Reiseanzug. In diesen Fragen verlange ich Klarheit und ich bin überzeugt, dass wir nach dieser Klarstellung voneinander den herzlichsten Abschied werden nehmen können.« Der Aufseher schlug die Zündhölzchenschachtel auf den Tisch nieder. »Sie befinden sich in einem großen Irrtum«, sagte er. »Diese Herren hier und ich sind für Ihre Angelegenheit

223

vollständig nebensächlich, ja wir wissen sogar von ihr fast nichts. Wir könnten die regelrechtesten Uniformen tragen und Ihre Sache würde um nichts schlechter stehn. Ich kann Ihnen auch durchaus nicht sagen, dass Sie angeklagt sind, oder vielmehr ich weiß nicht, ob Sie es sind. Sie sind verhaftet, das ist richtig, mehr weiß ich nicht. Vielleicht haben die Wächter etwas anderes geschwätzt, dann ist es eben nur Geschwätz gewesen. Wenn ich nun aber auch Ihre Fragen nicht beantworte, so kann ich Ihnen doch raten, denken Sie weniger an uns und an das, was mit Ihnen geschehen wird, denken Sie lieber mehr an sich. Und machen Sie keinen solchen Lärm mit dem Gefühl Ihrer Unschuld, es stört den nicht gerade schlechten Eindruck, den Sie im übrigen machen. Auch sollten Sie überhaupt im Reden zurückhaltender sein, fast alles, was Sie vorhin gesagt haben, hätte man auch, wenn Sie nur ein paar Worte gesagt hätten, Ihrem Verhalten entnehmen können, außerdem war es nichts für Sie übermäßig Günstiges.«

K. starrte den Aufseher an. Schulmäßige Lehren bekam er hier von einem vielleicht jüngeren Menschen? Für seine Offenheit wurde er mit einer Rüge bestraft? Und über den Grund seiner Verhaftung und über deren Auftraggeber erfuhr er nichts?

Er geriet in eine gewisse Aufregung, ging auf und ab, woran ihn niemand hinderte, schob seine Manschetten zurück, befühlte die Brust, strich sein Haar zurecht, kam an den drei Herren vorüber, sagte, »es ist ja sinnlos«,

worauf sich diese zu ihm umdrehten und ihn entgegenkommend, aber ernst ansahen, und machte endlich
wieder vor dem Tisch des Aufsehers halt. »Der
Staatsanwalt Hasterer ist mein guter Freund«, sagte er
»kann ich ihm telefonieren?« »Gewiss«, sagte der
Aufseher, »aber ich weiß nicht, welchen Sinn das haben
sollte, es müsste denn sein, dass Sie irgendeine private
Angelegenheit mit ihm zu besprechen haben.« »Welchen
Sinn?«, rief K., mehr bestürzt als geärgert. »Wer sind Sie
denn? Sie wollen einen Sinn und führen das Sinnloseste
auf, was es gibt. Ist es nicht zum Steinerweichen? Die
Herren haben mich zuerst überfallen und jetzt sitzen
oder stehn sie hier herum und lassen mich vor Ihnen die
hohe Schule reiten. Welchen Sinn es hätte, an einen
Staatsanwalt zu telefonieren, wenn ich angeblich verhaftet bin? Gut, ich werde nicht telefonieren.« »Aber doch«,
sagte der Aufseher und streckte die Hand zum
Vorzimmer aus, wo das Telefon war, »bitte telefonieren
Sie doch.« »Nein, ich will nicht mehr«, sagte K. und
ging zum Fenster. Drüben war noch die Gesellschaft
beim Fenster und schien nur jetzt dadurch, dass K. ans
Fenster herangetreten war, in der Ruhe des Zuschauens
ein wenig gestört. Die Alten wollten sich erheben, aber
der Mann hinter ihnen beruhigte sie. »Dort sind auch
solche Zuschauer«, rief K. ganz laut dem Aufseher zu
und zeigte mit dem Zeigefinger hinaus. »Weg von dort«,
rief er dann hinüber. Die drei wichen auch sofort ein
paar Schritte zurück, die beiden Alten sogar noch hinter

den Mann, der sie mit seinem breiten Körper deckte und, nach seinen Mundbewegungen zu schließen, irgendetwas auf die Entfernung hin Unverständliches sagte. Ganz aber verschwanden sie nicht, sondern schienen auf den Augenblick zu warten, bis sie sich unbemerkt wieder dem Fenster nähern könnten. »Zudringliche, rücksichtslose Leute!«, sagte K., als er sich im Zimmer zurückwendete. Der Aufseher stimmte ihm möglicherweise zu, wie K. mit einem Seitenblick zu erkennen glaubte. Aber es war ebenso gut möglich, dass er gar nicht zugehört hatte, denn er hatte eine Hand fest auf den Tisch gedrückt und schien die Finger ihrer Länge nach zu vergleichen. Die zwei Wächter saßen auf einen mit einer Schmuckdecke verhüllten Koffer und rieben ihre Knie. Die drei jungen Leute hatten die Hände in die Hüften gelegt und sahen ziellos herum. Es war still wie in irgendeinem vergessenen Büro. »Nun, meine Herren«, rief K., es schien ihm einen Augenblick lang, als trage er alle auf seinen Schultern, »Ihrem Aussehen nach zu schließen, dürfte meine Angelegenheit beendet sein. Ich bin der Ansicht, dass es am besten ist, über die Berechtigung oder Nichtberechtigung Ihres Vorgehns nicht mehr nachzudenken und der Sache durch einen gegenseitigen Händedruck einen versöhnlichen Abschluss zu geben. Wenn auch Sie meiner Ansicht sind, dann bitte« – und er trat an den Tisch des Aufsehers hin und reichte ihm die Hand. Der Aufseher hob die Augen, nagte an den Lippen und sah auf K.s ausgestreckte Hand, noch immer glaubte K., der Aufseher werde einschlagen. Dieser aber stand auf, nahm einen harten runden Hut, der auf Fräulein Bürstners Bett lag, und setzte sich ihn vorsichtig mit beiden Händen auf, wie man es bei der Anprobe neuer Hüte tut. »Wie einfach Ihnen alles scheint!«, sagte er dabei zu K., »wir sollten der Sache einen versöhnlichen Abschluss geben, meinten Sie? Nein, nein, das geht wirklich nicht. Womit ich andererseits durchaus nicht sagen will, dass Sie verzweifeln sollen. Nein, warum denn? Sie sind nur verhaftet, nichts weiter. Das hatte ich Ihnen mitzuteilen, habe es getan und habe auch gesehn, wie Sie es aufgenommen haben. Damit ist es für heute genug und wir können uns verabschieden, allerdings nur vorläufig. Sie werden wohl jetzt in die Bank gehn wollen?« »In die Bank?«, fragte K., »ich dachte, ich wäre verhaftet.« K. fragte mit einem gewissen Trotz, denn obwohl sein Handschlag nicht angenommen worden war, fühlte er sich, insbesondere seitdem der Aufseher aufgestanden war, immer unabhängiger von allen diesen Leuten. Er spielte mit ihnen. Er hatte die Absicht, falls sie weggehn sollten, bis zum Haustor nachzulaufen und ihnen seine Verhaftung anzubieten. Darum wiederholte er auch: »Wie kann ich denn in die Bank gehn, da ich verhaftet bin?« »Ach so«, sagte der Aufseher, der schon bei der Tür war, »Sie haben mich missverstanden. Sie sind verhaftet, gewiss, aber das soll Sie nicht hindern, Ihren Beruf zu erfüllen. Sie sollen auch in Ihrer gewöhnlichen Lebensweise nicht gehindert sein.« »Dann ist das Verhaftetsein nicht sehr schlimm«, sagte K. und ging nahe an den Aufseher heran. »Ich meinte es niemals anders«, sagte dieser. »Es scheint aber dann nicht einmal die Mitteilung der Verhaftung sehr notwendig gewesen zu sein«, sagte K. und ging noch näher. Auch die andern hatten sich genähert. Alle waren jetzt auf einem engen Raum bei der Tür versammelt. »Es war meine Pflicht«, sagte der Aufseher. »Eine dumme Pflicht«, sagte K. unnachgiebig. »Mag sein«, antwortete der Aufseher, »aber wir wollen mit solchen Reden nicht unsere Zeit verlieren. Ich hatte angenommen, dass Sie in die Bank gehn wollen. Da Sie auf alle Worte aufpassen, füge ich hinzu: Ich zwinge Sie nicht in die Bank zu gehn, ich hatte nur angenommen, dass Sie es wollen. Und um Ihnen das zu erleichtern, und Ihre Ankunft in der Bank möglichst unauffällig zu machen, habe ich diese drei Herren, Ihre Kollegen, hier zu Ihrer Verfügung gehalten.« »Wie?«, rief K. und staunte die drei an. Diese so uncharakteristischen blutarmen jungen Leute, die er immer noch nur als Gruppe bei den Fotografien in der Erinnerung hatte, waren tatsächlich Beamte aus seiner Bank, nicht Kollegen, das war zu viel gesagt und bereits eine Lücke in der Allwissenheit des Aufsehers, aber untergeordnete Beamte aus der Bank waren es allerdings. Wie hatte K. das übersehen können? Wie hatte er doch hingenommen sein müssen, von dem Aufseher und den Wächtern, um diese drei nicht zu erkennen. Den steifen, die Hände schwingenden Rabensteiner, den blonden Kullich mit den tiefliegenden Augen und Kaminer mit dem unausstehlichen, durch eine chronische Muskelzerrung bewirkten Lächeln. »Guten Morgen!«, sagte K. nach einem Weilchen und reichte den sich korrekt verbeugenden Herren die Hand. »Ich habe Sie gar nicht erkannt. Nun werden wir also an die Arbeit gehn, nicht?« Die Herren nickten lachend und eifrig, als hätten sie die ganze Zeit über darauf gewartet, nur als K. seinen Hut vermisste, der in seinem Zimmer liegen geblieben war, liefen sie sämtlich hintereinander ihn holen, was immerhin auf eine gewisse Verlegenheit schließen ließ. K. stand still und sah ihnen durch die zwei offenen Türen nach, der letzte war natürlich der gleichgültige Rabensteiner, der bloß einen eleganten Trab angeschlagen hatte. Kaminer überreichte den Hut und K. musste sich, wie dies übrigens auch öfters in der Bank nötig war, ausdrücklich sagen, dass Kaminers Lächeln nicht Absicht war, ja dass er überhaupt absichtlich nicht lächeln konnte. Im Vorzimmer öffnete dann Frau Grubach, die gar nicht sehr schuldbewusst aussah, der ganzen Gesellschaft die Wohnungstür und K. sah, wie so oft, auf ihr Schürzenband nieder, das so unnötig tief in ihren mächtigen Leib einschnitt. Unten entschloss sich K., die Uhr in der Hand, ein Automobil zu nehmen, um die schon halbstündige Verspätung nicht unnötig zu vergrößern. Kaminer lief zur Ecke, um den Wagen zu holen, die zwei andern versuchten offensichtlich K. zu zerstreuen, als plötzlich Kullich auf das gegenüberliegende Haustor zeigte, in dem eben der große Mann mit dem blonden Spitzbart erschien und im ersten Augenblick, ein wenig verlegen darüber, dass er sich jetzt in seiner ganzen Größe zeigte, zur Wand zurücktrat und sich anlehnte. Die Alten waren wohl noch auf der Treppe. K. ärgerte sich über Kullich, dass dieser auf den Mann aufmerksam machte, den er selbst schon früher gesehen, ja den er sogar erwartet hatte. »Schauen Sie nicht hin«, stieß er hervor, ohne zu bemerken, wie auffallend eine solche Redeweise gegenüber selbstständigen Männern war. Es war aber auch keine Erklärung nötig, denn gerade kam das Automobil, man setzte sich und fuhr los. Da erinnerte sich K., dass er das Weggehn des Aufsehers und der Wächter gar nicht bemerkt hatte, der Aufseher hatte ihm die drei Beamten verdeckt und nun wieder die Beamten den Aufseher. Viel Geistesgegenwart bewies das nicht, und K. nahm sich vor, sich in dieser Hinsicht genauer zu beobachten. Doch drehte er sich noch unwillkürlich um und beugte sich über das Hinterdeck des Automobils vor, um möglicherweise den Aufseher und die Wächter noch zu sehn. Aber gleich wendete er sich wieder zurück, und lehnte sich bequem in die Wagenecke ohne auch nur den Versuch gemacht zu haben, jemanden zu suchen. Trotzdem es nicht den Anschein hatte, hätte er gerade jetzt Zuspruch nötig gehabt, aber nun schienen die

Herren ermüdet, Rabensteiner sah rechts aus dem Wagen, Kullich links und nur Kaminer stand mit seinem Grinsen zur Verfügung, über das einen Spaß zu machen leider die Menschlichkeit verbot.

In diesem Frühjahr pflegte K. die Abende in der Weise zu verbringen, dass er nach der Arbeit, wenn dies noch möglich war – er saß meistens bis 9 Uhr im Büro – einen kleinen Spaziergang allein oder mit Beamten machte und dann in eine Bierstube ging, wo er an einem Stammtisch mit meist ältern Herren gewöhnlich bis 11 Uhr beisammen saß. Es gab aber auch Ausnahmen von dieser Einteilung, wenn K. z. B. vom Bankdirektor, der seine Arbeitskraft und Vertrauenswürdigkeit sehr schätzte, zu einer Autofahrt oder zu einem Abendessen in seiner Villa eingeladen wurde. Außerdem ging K. einmal in der Woche zu einem Mädchen namens Elsa, die während der Nacht bis in den späten Morgen als Kellnerin in einer Weinstube bediente und während des Tages nur vom Bett aus Besuche empfing.

An diesem Abend aber – der Tag war unter angestrengter Arbeit und vielen ehrenden und freundschaftlichen Geburtstagswünschen schnell verlaufen – wollte K. sofort nach Hause gehn. In allen kleinen Pausen der Tagesarbeit hatte er daran gedacht; ohne genau zu wissen, was er meinte, schien es ihm, als ob durch die Vorfälle des Morgens eine große Unordnung in der ganzen Wohnung der Frau Grubach verursacht worden sei und dass gerade er nötig sei, um die Ordnung wiederherzustellen. War aber einmal diese Ordnung hergestellt, dann war jede Spur jener Vorfälle ausgelöscht und alles nahm seinen alten Gang wieder auf. Insbesondere von den drei Beamten war nichts zu befürchten, sie waren wieder in die große Beamtenschaft der Bank versenkt, es war keine Veränderung an ihnen zu bemerken. K. hatte sie öfters einzeln und gemeinsam in sein Büro berufen, zu keinem andern Zweck, als um sie zu beobachten; immer hatte er sie befriedigt entlassen können.

Als er um halb zehn Uhr abends vor dem Hause, in dem er wohnte, ankam, traf er im Haustor einen jungen Burschen, der dort breitbeinig stand und eine Pfeife rauchte. »Wer sind Sie«, fragte K. sofort und brachte sein Gesicht nahe an den Burschen, man sah nicht viel im Halbdunkel des Flurs. »Ich bin der Sohn des Hausmeisters, gnädiger Herr«, antwortete der Bursche, nahm die Pfeife aus dem Mund und trat zur Seite. »Der Sohn des Hausmeisters?«, fragte K. und klopfte mit seinem Stock ungeduldig den Boden. »Wünscht der gnädige Herr etwas? Soll ich den Vater holen?« »Nein, nein«, sagte K., in seiner Stimme lag etwas Verzeihendes, als habe der Bursche etwas Böses ausgeführt, er aber verzeihe ihm. »Es ist gut«, sagte er dann und ging weiter, aber ehe er die Treppe hinaufstieg, drehte er sich noch einmal um.

Er hätte geradewegs in sein Zimmer gehen können, aber da er mit Frau Grubach sprechen wollte, klopfte er gleich an ihre Türe an. Sie saß mit einem Strickstrumpf am Tisch, auf dem noch ein Haufen alter Strümpfe lag. K. entschuldigte sich zerstreut, dass er so spät komme, aber Frau Grubach war sehr freundlich und wollte keine Entschuldigung hören, für ihn sei sie immer zu sprechen, er wisse sehr gut, dass er ihr bester und liebster Mieter sei. K. sah sich im Zimmer um, es war wieder vollkommen in seinem alten Zustand, das Frühstücksgeschirr, das früh auf dem Tischchen beim Fenster gestanden hatte, war auch schon weggeräumt. Frauenhände bringen doch im Stillen viel fertig, dachte er, er hätte das Geschirr vielleicht auf der Stelle zerschlagen, aber gewiss nicht hinaustragen können. Er sah Frau Grubach mit einer gewissen Dankbarkeit an. »Warum arbeiten Sie noch so spät?«, fragte er. Sie saßen nun beide am Tisch und K. vergrub von Zeit zu Zeit seine Hand in die Strümpfe. »Es gibt viel Arbeit«, sagte sie, »während des Tages gehöre ich den Mietern; wenn ich meine Sachen in Ordnung bringen will, bleiben mir nur die Abende.« »Ich habe Ihnen heute wohl noch eine außergewöhnliche Arbeit gemacht.« »Wieso denn?«, fragte sie, etwas eifriger werdend, die Arbeit ruhte in ihrem Schoße. »Ich meine die Männer, die heute früh hier waren.« »Ach so«, sagte sie und kehrte wieder in ihre Ruhe zurück, »das hat mir keine besondere Arbeit gemacht.« K. sah schweigend zu, wie sie den Strickstrumpf wieder vornahm. Sie scheint sich zu wundern, dass ich davon spreche, dachte er, sie scheint es nicht für richtig zu halten, dass ich davon spreche. Desto wichtiger ist es, dass ich es tue. Nur mit einer alten Frau kann ich davon sprechen. »Doch, Arbeit hat es gewiss gemacht«, sagte er dann, »aber es wird nicht wieder vorkommen.« »Nein, das kann nicht wieder vorkommen«, sagte sie bekräftigend und lächelte K. fast wehmütig an. »Meinen Sie das ernstlich?«, fragte K. »Ja«, sagte sie leiser, »aber vor allem dürfen Sie es nicht zu schwer nehmen. Was geschieht nicht alles in der Welt! Da Sie so vertraulich mit mir reden, Herr K., kann ich Ihnen ja eingestehen, dass ich ein wenig hinter der Tür gehorcht habe und dass mir auch die beiden Wächter einiges erzählt haben. Es handelt sich ja um Ihr Glück, und das liegt mir wirklich am Herzen, mehr als mir vielleicht zusteht, denn ich bin ja bloß die Vermieterin. Nun, ich habe also einiges gehört, aber ich kann nicht sagen, dass es etwas besonders Schlimmes war. Nein. Sie sind zwar verhaftet, aber nicht so wie ein Dieb verhaftet wird. Wenn man wie ein Dieb verhaftet wird, so ist es schlimm, aber diese Verhaftung –. Es kommt mir wie etwas Gelehrtes vor, entschuldigen Sie, wenn ich etwas Dummes sage, es kommt mir wie etwas Gelehrtes vor, das ich zwar nicht verstehe, das man aber auch nicht verstehen muss.«

»Es ist gar nichts Dummes, was Sie gesagt haben, Frau Grubach, wenigstens bin auch ich zum Teil Ihrer

Meinung, nur urteile ich über das Ganze noch schärfer als Sie, und halte es einfach nicht einmal für etwas Gelehrtes, sondern überhaupt für nichts. Ich wurde überrumpelt, das war es. Wäre ich gleich nach dem Erwachen, ohne mich durch das Ausbleiben der Anna beirren zu lassen, aufgestanden und ohne Rücksicht auf irgendjemand, der mir in den Weg getreten wäre, zu Ihnen gegangen, hätte ich diesmal ausnahmsweise etwa in der Küche gefrühstückt, hätte mir von Ihnen die Kleidungsstücke aus meinem Zimmer bringen lassen, kurz, hätte ich vernünftig gehandelt, so wäre nichts weiter geschehen, es wäre alles, was werden wollte, erstickt worden. Man ist aber so wenig vorbereitet. In der Bank z. B. bin ich vorbereitet, dort könnte mir etwas Derartiges unmöglich geschehn, ich habe dort einen eigenen Diener, das allgemeine Telefon und das Bürotelefon stehn vor mir auf dem Tisch, immerfort kommen Leute, Parteien und Beamte, außerdem aber und vor allem bin ich dort immerfort im Zusammenhang der Arbeit, daher geistesgegenwärtig, es würde mir geradezu ein Vergnügen machen, dort einer solchen Sache gegenübergestellt zu werden. Nun, es ist vorüber und ich wollte eigentlich auch gar nicht mehr darüber sprechen, nur Ihr Urteil, das Urteil einer vernünftigen Frau wollte ich hören und bin sehr froh, dass wir darin übereinstimmen. Nun müssen Sie mir aber die Hand reichen, eine solche Übereinstimmung muss durch Handschlag bekräftigt werden.«

235

Ob sie mir die Hand reichen wird? Der Aufseher hat mir die Hand nicht gereicht, dachte er und sah die Frau anders als früher, prüfend an. Sie stand auf, weil auch er aufgestanden war, sie war ein wenig befangen, weil ihr nicht alles, was K. gesagt hatte, verständlich gewesen war. Infolge dieser Befangenheit sagte sie aber etwas, was sie gar nicht wollte und was auch gar nicht am Platze war: »Nehmen Sie es doch nicht so schwer, Herr K.«, sagte sie, hatte Tränen in der Stimme und vergaß natürlich auch den Handschlag. »Ich wüsste nicht, dass ich es schwer nehme«, sagte K. plötzlich ermüdet und das Wertlose aller Zustimmungen dieser Frau einsehend.

Bei der Tür fragte er noch: »Ist Fräulein Bürstner zu Hause?« »Nein«, sagte Frau Grubach und lächelte bei dieser trockenen Auskunft mit einer verspäteten vernünftigen Teilnahme. »Sie ist im Theater. Wollten Sie etwas von ihr? Soll ich ihr etwas ausrichten?« »Ach, ich wollte nur paar Worte mit ihr reden.« »Ich weiß leider nicht, wann sie kommt; wenn sie im Theater ist, kommt sie gewöhnlich spät.« »Das ist ja ganz gleichgültig«, sagte K. und drehte schon den gesenkten Kopf der Tür zu, um wegzugehn, »ich wollte mich nur bei ihr entschuldigen, dass ich heute ihr Zimmer in Anspruch genommen habe.« »Das ist nicht nötig, Herr K., Sie sind zu rücksichtsvoll, das Fräulein weiß ja von gar nichts, sie war seit dem frühen Morgen noch nicht zu Hause, es ist auch schon alles in Ordnung gebracht, sehen Sie selbst.« Und sie öffnete die Tür zu Fräulein Bürstners Zimmer. »Danke, ich glaube es«, sagte K., ging dann aber doch zu der offenen Tür. Der Mond schien still in das dunkle Zimmer. Soviel man sehen konnte, war wirklich alles an seinem Platz, auch die Bluse hing nicht mehr an der Fensterklinke. Auffallend hoch schienen die Polster im Bett, sie lagen zum Teil im Mondlicht. »Das Fräulein kommt oft spät nach Hause«, sagte K. und sah Frau Grubach an, als trage sie die Verantwortung dafür. »Wie eben junge Leute sind!«, sagte Frau Grubach entschuldigend. »Gewiss, gewiss«, sagte K., »es kann aber zu weit gehen.« »Das kann es«, sagte Frau Grubach, »wie sehr haben Sie recht, Herr K. Vielleicht sogar in diesem Fall. Ich will Fräulein Bürstner gewiss nicht verleumden, sie ist ein gutes liebes Mädchen, freundlich, ordentlich, pünktlich, arbeitsam, ich schätze das alles sehr, aber eines ist wahr, sie sollte stolzer, zurückhaltender sein. Ich habe sie in diesem Monat schon zweimal in entlegenen Straßen und immer mit einem andern Herrn gesehn. Es ist mir sehr peinlich, ich erzähle es beim wahrhaftigen Gott nur Ihnen, Herr K., aber es wird sich nicht vermeiden lassen, dass ich auch mit dem Fräulein selbst darüber spreche. Es ist übrigens nicht das einzige, das sie mir verdächtig macht.« »Sie sind auf ganz falschem Weg«, sagte K. wütend und fast unfähig es zu verbergen, »übrigens haben Sie offenbar auch meine Bemerkung über das Fräulein missverstanden, so war es nicht gemeint. Ich warne Sie sogar aufrichtig, dem Fräulein irgendetwas zu sagen, Sie sind durchaus im Irrtum, ich kenne das Fräulein sehr gut, es ist nichts davon wahr, was Sie sagten. Übrigens, vielleicht gehe ich zu weit, ich will Sie nicht hindern, sagen Sie ihr, was Sie wollen. Gute Nacht.« »Herr K.«, sagte Frau Grubach bittend und eilte K. bis zu seiner Tür nach, die er schon geöffnet hatte, »ich will ja noch gar nicht mit dem Fräulein reden, natürlich will ich sie vorher noch weiter beobachten, nur Ihnen habe ich anvertraut, was ich wusste. Schließlich muss es doch im Sinne jedes Mieters sein, wenn man die Pension rein zu erhalten sucht, und nichts anderes ist mein Bestreben dabei.« »Die Reinheit!«, rief K. noch durch die Spalte der Tür, »wenn Sie die Pension rein erhalten wollen, müssen Sie zuerst mir kündigen.« Dann schlug er die Tür zu, ein leises Klopfen beachtete er nicht mehr.

Dagegen beschloss er, da er gar keine Lust zum Schlafen hatte, noch wach zu bleiben und bei dieser Gelegenheit auch festzustellen, wann Fräulein Bürstner kommen würde. Vielleicht wäre es dann auch möglich, so unpassend es sein mochte, noch ein paar Worte mit ihr zu reden. Als er im Fenster lag und die müden Augen drückte, dachte er einen Augenblick sogar daran, Frau Grubach zu bestrafen und Fräulein Bürstner zu überreden, gemeinsam mit ihm zu kündigen. Sofort aber erschien ihm das entsetzlich übertrieben und er hatte sogar den Verdacht gegen sich, dass er darauf ausging, die Wohnung wegen der Vorfälle am Morgen zu wechseln. Nichts wäre unsinniger und vor allem zweckloser und verächtlicher gewesen.

Als er des Hinausschauens auf die leere Straße überdrüssig geworden war, legte er sich auf das Kanapee, nachdem er die Tür zum Vorzimmer ein wenig geöffnet hatte, um jeden, der die Wohnung betrat, gleich vom Kanapee aus sehen zu können. Etwa bis 11 Uhr lag er ruhig, eine Zigarre rauchend, auf dem Kanapee. Von da ab hielt er es aber nicht mehr dort aus, sondern ging ein wenig ins Vorzimmer, als könne er dadurch die Ankunft des Fräulein Bürstner beschleunigen. Er hatte kein besonderes Verlangen nach ihr, er konnte sich nicht einmal genau erinnern, wie sie aussah, aber nun wollte er mit ihr reden und es reizte ihn, dass sie durch ihr spätes Kommen auch noch in den Abschluss dieses Tages Unruhe und Unordnung brachte. Sie war auch schuld daran, dass er heute nicht zu Abend gegessen und dass er den für heute beabsichtigten Besuch bei Elsa unterlassen hatte. Beides konnte er allerdings noch dadurch nachholen, dass er jetzt in das Weinlokal ging, in dem Elsa bedienstet war. Er wollte es auch noch später nach der Unterredung mit Fräulein Bürstner tun.

Es war halb zwölf vorüber, als jemand im Treppenhaus zu hören war. K., der seinen Gedanken hingegeben im Vorzimmer so als wäre es sein eigenes Zimmer laut auf und ab ging, flüchtete hinter seine Tür. Es war Fräulein Bürstner, die gekommen war. Fröstelnd zog sie, während sie die Tür versperrte, einen seidenen Schal um ihre schmalen Schultern zusammen. Im nächsten Augenblick musste sie in ihr Zimmer gehen, in das K. gewiss um Mitternacht nicht eindringen durfte; er musste sie also jetzt ansprechen, hatte aber unglücklicherweise versäumt, das elektrische Licht in seinem Zimmer anzudrehen, so dass sein Vortreten aus dem dunklen Zimmer den Anschein eines Überfalls hatte und wenigstens sehr erschrecken musste. In seiner Hilflosigkeit und da keine Zeit zu verlieren war, flüsterte er durch den Türspalt: »Fräulein Bürstner.« Es klang wie eine Bitte, nicht wie ein Anruf. »Ist jemand hier?«, fragte Fräulein Bürstner und sah sich mit großen Augen um. »Ich bin es«, sagte K. und trat vor. »Ach, Herr K.!«, sagte Fräulein Bürstner lächelnd. »Guten Abend«, und sie reichte ihm die Hand. »Ich wollte ein paar Worte mit Ihnen sprechen, wollen Sie mir das jetzt erlauben?« »Jetzt?«, fragte Fräulein Bürstner, »muss es jetzt sein? Es ist ein wenig sonderbar, nicht?« »Ich warte seit 9 Uhr auf Sie.« »Nun ja, ich war im Theater, ich wusste doch nichts von Ihnen.« »Der Anlass für das, was ich Ihnen sagen will, hat sich erst heute ergeben.« »So, nun ich habe ja nichts Grundsätzliches dagegen, außer dass ich zum Hinfallen müde bin. Also kommen Sie auf ein paar Minuten in mein Zimmer. Hier können wir uns auf keinen Fall unterhalten, wir wecken ja alle und das wäre mir unseretwegen noch unangenehmer als der Leute wegen. Warten Sie hier, bis ich in meinem Zimmer angezündet habe, und drehen Sie dann hier das Licht ab.« K. tat so, wartete

240

dann aber noch, bis Fräulein Bürstner ihn aus ihrem Zimmer nochmals leise aufforderte zu kommen. »Setzen Sie sich«, sagte sie und zeigte auf die Ottomane, sie selbst blieb aufrecht am Bettpfosten trotz der Müdigkeit, von der sie gesprochen hatte; nicht einmal ihren kleinen, aber mit einer Überfülle von Blumen geschmückten Hut legte sie ab. »Was wollten Sie also? Ich bin wirklich neugierig?« Sie kreuzte leicht die Beine. »Sie werden vielleicht sagen«, begann K., »dass die Sache nicht so dringend war, um jetzt besprochen zu werden, aber —« »Einleitungen überhöre ich immer«, sagte Fräulein Bürstner. »Das erleichtert meine Aufgabe«, sagte K. »Ihr Zimmer ist heute früh, gewissermaßen durch meine Schuld, ein wenig in Unordnung gebracht worden, es geschah durch fremde Leute gegen meinen Willen und doch wie gesagt durch meine Schuld; dafür wollte ich um Entschuldigung bitten.« »Mein Zimmer?«, fragte Fräulein Bürstner, und sah statt des Zimmers K. prüfend an. »Es ist so«, sagte K., und nun sahen einander beide zum ersten Mal in die Augen, »die Art und Weise, in der es geschah, ist an sich keines Wortes wert.« »Aber doch das eigentlich Interessante«, sagte Fräulein Bürstner. »Nein«, sagte K. »Nun«, sagte Fräulein Bürstner, »ich will mich nicht in Geheimnisse eindrängen, bestehen Sie darauf, dass es uninteressant ist, so will ich auch nichts dagegen einwenden. Die Entschuldigung, um die Sie bitten, gebe ich Ihnen hiermit gern, besonders da ich keine Spur einer Unordnung finden kann.« Sie machte, die flachen Hände tief an die Hüften gelegt, einen Rundgang durch das Zimmer. Bei der Matte mit den Fotografien blieb sie stehen. »Sehen Sie doch«, rief sie, »meine Fotografien sind wirklich durcheinander geworfen. Das ist aber hässlich. Es ist also jemand unberechtigterweise in meinem Zimmer gewesen.« K. nickte und verfluchte im Stillen den Beamten Kaminer, der seine öde sinnlose Lebhaftigkeit niemals zähmen konnte. »Es ist sonderbar«, sagte Fräulein Bürstner, »dass ich gezwungen bin, Ihnen etwas zu verbieten, was Sie sich selbst verbieten müssten, nämlich in meiner Abwesenheit mein Zimmer zu betreten.« »Ich erklärte Ihnen doch, Fräulein«, sagte K. und ging auch zu den Fotografien, »dass nicht ich es war, der sich an Ihren Fotografien vergangen hat; aber da Sie mir nicht glauben, so muss ich also eingestehen, dass die Untersuchungskommission drei Bankbeamte mitgebracht hat, von denen der eine, den ich bei nächster Gelegenheit aus der Bank hinausbefördern werde, die Fotografien wahrscheinlich in die Hand genommen hat.« »Ja, es war eine Untersuchungskommission hier«, fügte K. hinzu, da ihn das Fräulein mit einem fragenden Blick ansah. »Ihretwegen?«, fragte das Fräulein. »Ja«, antwortete K. »Nein«, rief das Fräulein und lachte. »Doch«, sagte K., »glauben Sie denn, dass ich schuldlos bin?« »Nun, schuldlos«, sagte das Fräulein, »ich will nicht gleich ein vielleicht folgenschweres Urteil aussprechen, auch kenne ich Sie doch nicht, immerhin, es muss doch

242

schon ein schwerer Verbrecher sein, dem man gleich eine Untersuchungskommission auf den Leib schickt. Da Sie aber doch frei sind – ich schließe wenigstens aus Ihrer Ruhe, dass Sie nicht aus dem Gefängnis entlaufen sind – so können Sie doch kein solches Verbrechen begangen haben.« »Ja«, sagte K., »aber die Untersuchungskommission kann doch eingesehen haben, dass ich unschuldig bin oder doch nicht so schuldig, wie angenommen wurde.« »Gewiss, das kann sein«, sagte Fräulein Bürstner sehr aufmerksam. »Sehen Sie«, sagte K., »Sie haben nicht viel Erfahrung in Gerichtssachen.« »Nein, das habe ich nicht«, sagte Fräulein Bürstner »und habe es auch schon oft bedauert, denn ich möchte alles wissen, und gerade Gerichtssachen interessieren mich ungemein. Das Gericht hat eine eigentümliche Anziehungskraft, nicht? Aber ich werde in dieser Richtung meine Kenntnisse sicher vervollständigen, denn ich trete nächsten Monat als Kanzleikraft in ein Advokatenbüro ein.« »Das ist sehr gut«, sagte K., »Sie werden mir dann in meinem Prozess ein wenig helfen können.« »Das könnte sein«, sagte Fräulein Bürstner, »warum denn nicht? Ich verwende gern meine Kenntnisse.« »Ich meine es auch im Ernst«, sagte K., »oder zumindest in dem halben Ernst, in dem Sie es meinen. Um einen Advokaten heranzuziehen, dazu ist die Sache doch zu kleinlich, aber einen Ratgeber könnte ich gut brauchen.« »Ja, aber wenn ich Ratgeber sein soll, müsste ich wissen, worum es sich handelt«, sagte Fräu-

243

lein Bürstner. »Das ist eben der Haken«, sagte K., »das weiß ich selbst nicht.« »Dann haben Sie sich also einen Spaß aus mir gemacht«, sagte Fräulein Bürstner übermäßig enttäuscht, »es war höchst unnötig, sich diese späte Nachtzeit dazu auszusuchen.« Und sie ging von den Fotografien weg, wo sie so lange vereinigt gestanden hatten. »Aber mein Fräulein«, sagte K., »ich mache keinen Spaß. Dass Sie mir nicht glauben wollen! Was ich weiß, habe ich Ihnen schon gesagt. Sogar mehr als ich weiß, denn es war gar keine Untersuchungskommission, ich nenne es so, weil ich keinen andern Namen dafür weiß. Es wurde gar nichts untersucht, ich wurde nur verhaftet, aber von einer Kommission.« Fräulein Bürstner saß auf der Ottomane und lachte wieder. »Wie war es denn?«, fragte sie. »Schrecklich« sagte K., aber er dachte jetzt gar nicht daran, sondern war ganz vom Anblick des Fräulein Bürstner ergriffen, die das Gesicht auf eine Hand stützte – der Ellbogen ruhte auf dem Kissen der Ottomane – während die andere Hand langsam die Hüfte strich. »Das ist zu allgemein«, sagte Fräulein Bürstner. »Was ist zu allgemein?«, fragte K. Dann erinnerte er sich und fragte: »Soll ich Ihnen zeigen, wie es gewesen ist?« Er wollte Bewegung machen und doch nicht weggehen. »Ich bin schon müde«, sagte Fräulein Bürstner. »Sie kamen so spät«, sagte K. »Nun endet es damit, dass ich Vorwürfe bekomme, es ist auch berechtigt, denn ich hätte Sie nicht mehr hereinlassen sollen. Notwendig war es ja auch nicht, wie sich gezeigt hat.«

»Es war notwendig, dass werden Sie erst jetzt sehn«, sagte K. »Darf ich das Nachttischchen von ihrem Bett herrücken?« »Was fällt Ihnen ein?«, sagte Fräulein Bürstner, »das dürfen Sie natürlich nicht!« »Dann kann ich es Ihnen nicht zeigen«, sagte K. aufgeregt, als füge man ihm dadurch einen unermesslichen Schaden zu. »Ja, wenn Sie es zur Darstellung brauchen, dann rücken Sie das Tischchen nur ruhig fort«, sagte Fräulein Bürstner und fügte nach einem Weilchen mit schwächerer Stimme hinzu: »Ich bin so müde, dass ich mehr erlaube, als gut ist.« K. stellte das Tischchen in die Mitte des Zimmers und setzte sich dahinter. »Sie müssen sich die Verteilung der Personen richtig vorstellen, es ist sehr interessant. Ich bin der Aufseher, dort auf dem Koffer sitzen zwei Wächter, bei den Fotografien stehen drei junge Leute. An der Fensterklinke hängt, was ich nur nebenbei erwähne, eine weiße Bluse. Und jetzt fängt es an. Ja, ich vergesse mich, die wichtigste Person, also ich, stehe hier vor dem Tischchen. Der Aufseher sitzt äußerst bequem, die Beine übereinander gelegt, den Arm hier über die Lehne hinunterhängend, ein Lümmel sondergleichen. Und jetzt fängt es also wirklich an. Der Aufseher ruft, als ob er mich wecken müsste, er schreit geradezu, ich muss leider, wenn ich es Ihnen begreiflich machen will, auch schreien, es ist übrigens nur mein Name, den er so schreit.« Fräulein Bürstner, die lachend zuhörte, legte den Zeigefinger an den Mund, um K. am Schreien zu hindern, aber es war zu spät, K. war zu sehr

in der Rolle, er rief langsam: »Josef K.«, übrigens nicht
so laut wie er gedroht hatte, aber doch so, dass sich der
Ruf, nachdem er plötzlich ausgestoßen war, erst
allmählich im Zimmer zu verbreiten schien.

Da klopfte es an die Tür des Nebenzimmers einige
Mal, stark, kurz und regelmäßig. Fräulein Bürstner
erbleichte und legte die Hand aufs Herz. K. erschrak
deshalb besonders stark, weil er noch ein Weilchen ganz
unfähig gewesen war, an etwas anderes zu denken als
an die Vorfälle des Morgens und an das Mädchen, dem
er sie vorführte. Kaum hatte er sich gefasst, sprang er
zu Fräulein Bürstner und nahm ihre Hand. »Fürchten
Sie nichts«, flüsterte er, »ich werde alles in Ordnung
bringen. Wer kann es aber sein? Hier nebenan ist
doch nur das Wohnzimmer, in dem niemand schläft.«
»Doch«, flüsterte Fräulein Bürstner an K.'s Ohr, »seit
gestern schläft hier ein Neffe von Frau Grubach, ein
Hauptmann. Es ist gerade kein anderes Zimmer frei.
Auch ich habe daran vergessen. Dass Sie so schreien
mussten! Ich bin unglücklich darüber.« »Dafür ist gar
kein Grund«, sagte K. und küsste, als sie jetzt auf das
Kissen zurücksank, ihre Stirn. »Weg, weg«, sagte sie
und richtete sich eilig wieder auf, »gehn Sie doch, gehn
Sie doch, was wollen Sie, er horcht doch an der Tür,
er hört doch alles. Wie Sie mich quälen!« »Ich gehe
nicht früher«, sagte K., »bis Sie ein wenig beruhigt sind.
Kommen Sie in die andere Ecke des Zimmers, dort kann
er uns nicht hören.« Sie ließ sich dorthin führen. »Sie

246

überlegen nicht«, sagte er, »dass es sich zwar um eine Unannehmlichkeit für Sie handelt, aber durchaus nicht um eine Gefahr. Sie wissen, wie mich Frau Grubach, die in dieser Sache doch entscheidet, besonders da der Hauptmann ihr Neffe ist, geradezu verehrt und alles, was ich sage, unbedingt glaubt. Sie ist auch im übrigen von mir abhängig, denn sie hat eine größere Summe von mir geliehen. Jeden Ihrer Vorschläge über eine Erklärung für unser Beisammen nehme ich an, wenn er nur ein wenig zweckentsprechend ist, und verbürge mich, Frau Grubach dazu zu bringen, die Erklärung nicht nur vor der Öffentlichkeit, sondern wirklich und aufrichtig zu glauben. Mich müssen Sie dabei in keiner Weise schonen. Wollen Sie verbreitet haben, dass ich Sie überfallen habe, so wird Frau Grubach in diesem Sinne unterrichtet werden und wird es glauben, ohne das Vertrauen zu mir zu verlieren, so sehr hängt sie an mir.« Fräulein Bürstner sah, still und ein wenig zusammengesunken, vor sich auf den Boden. »Warum sollte Frau Grubach nicht glauben, dass ich Sie überfallen habe«, fügte K. hinzu. Vor sich sah er ihr Haar, geteiltes, niedrig gebauschtes, fest zusammengehaltenes, rötliches Haar. Er glaubte, sie werde ihm den Blick zuwenden, aber sie sagte in unveränderter Haltung: »Verzeihen Sie, ich bin durch das plötzliche Klopfen erschreckt worden, nicht so sehr durch die Folgen, die die Anwesenheit des Hauptmanns haben könnte. Es war so still nach Ihrem Schrei und da klopfte es, deshalb bin

247

ich so erschrocken, ich saß auch in der Nähe der Tür, es klopfte fast neben mir. Für Ihre Vorschläge danke ich, aber ich nehme sie nicht an. Ich kann für alles, was in meinem Zimmer geschieht, die Verantwortung tragen, und zwar gegenüber jedem. Ich wundere mich, dass Sie nicht merken, was für eine Beleidigung für mich in Ihren Vorschlägen liegt, neben den guten Absichten natürlich, die ich gewiss anerkenne. Aber nun gehen Sie, lassen Sie mich allein, ich habe es jetzt noch nötiger als früher. Aus den paar Minuten, um die Sie gebeten haben, ist nun eine halbe Stunde und mehr geworden.« K. fasste sie bei der Hand und dann beim Handgelenk: »Sie sind mir aber nicht böse?« sagte er. Sie streifte seine Hand ab und antwortete: »Nein, nein, ich bin niemals und niemandem böse.« Er fasste wieder nach ihrem Handgelenk, sie duldete es jetzt und führte ihn so zur Tür. Er war fest entschlossen, wegzugehen. Aber vor der Tür, als hätte er nicht erwartet, hier eine Tür zu finden, stockte er, diesen Augenblick benutzte Fräulein Bürstner, sich loszumachen, die Tür zu öffnen, ins Vorzimmer zu schlüpfen und von dort aus K. leise zu sagen: »Nun kommen Sie doch, bitte. Sehen Sie« – sie zeigte auf die Tür des Hauptmanns, unter der ein Lichtschein hervorkam – »er hat angezündet und unterhält sich über uns.« »Ich komme schon«, sagte K., lief vor, fasste sie, küsste sie auf den Mund und dann über das ganze Gesicht, wie ein durstiges Tier mit der Zunge über das endlich gefundene Quellwasser hinjagt. Schließlich küsste er sie auf den Hals, wo die Gurgel ist, und dort ließ er die Lippen lange liegen. Ein Geräusch aus dem Zimmer des Hauptmanns ließ ihn aufschauen. »Jetzt werde ich gehn«, sagte er, er wollte Fräulein Bürstner beim Taufnamen nennen, wusste ihn aber nicht. Sie nickte müde, überließ ihm schon halb abgewendet die Hand zum küssen, als wisse sie nichts davon und ging gebückt in ihr Zimmer. Kurz darauf lag K. in seinem Bett. Er schlief sehr bald ein, vor dem Einschlafen dachte er noch ein Weilchen über sein Verhalten nach, er war damit zufrieden, wunderte sich aber, dass er nicht noch zufriedener war; wegen des Hauptmanns machte er sich für Fräulein Bürstner ernstliche Sorgen.

1. Kapitel des Romanfragments »Der Prozess«

Der Prozess

»Wenn das Buch, das wir lesen, uns nicht mit einem Faustschlag auf den Schädel weckt, wozu lesen wir dann das Buch? Ein Buch muss die Axt sein für das gefrorene Meer in uns.«

aus einem Brief an Oskar Pollak

Der Prozess:
Rezension von Kurt Tucholsky

Wenn ich das unheimlichste und stärkste Buch der letzten Jahre – Franz Kafkas ›Prozess‹ – aus der Hand lege, so kann ich mir nur schwer über die Ursachen meiner Erschütterung Rechenschaft ablegen. Wer spricht? Was ist das?

»Erstes Kapitel. Verhaftung. Gespräch mit Frau Grubach. Dann Fräulein Bürstner. Jemand musste Josef K. verleumdet haben, denn ohne dass er etwas Böses getan hätte, wurde er eines Morgens verhaftet.« So fängt es an. Es ist ein Bankbeamter, um den es sich handelt – und die zwei Gerichtsboten, die da morgens in sein möbliertes Zimmer kommen, wollen ihn verhaften. Aber sie verhaften gar nicht – der »Aufseher« stellt an einem Nachttischchen ein Verhör mit ihm an, dann darf er in die Bank gehen. Er ist frei. Bitte, Sie sind frei … Der Prozess schwebt.

Wir alle, die wir ein Buch zu lesen beginnen, wissen doch nach zwanzig oder dreißig Seiten, wohin wir den Dichter zu tun haben; was das ist; wie es läuft; ob's ernst

251

gemeint ist oder nicht; wohin man im Groben so ein Buch zu rangieren hat. Hier weißt du gar nichts. Du tappst im Dunkel. Was ist das? Wer spricht?

Der Prozess schwebt, aber es wird nicht gesagt, was für ein Prozess. Der Mann ist offenbar eines Vergehens angeklagt, aber es wird nie gesagt, welches Vergehens. Die irdische Gerichtsbarkeit ist es nicht – also welche sonst? Eine, um Gottes willen, allegorische? Der Autor erzählt, erzählt mit unerschütterlicher Ruhe – bald merke ich, dass es nichts Allegorisches wird – deute nur, du deutest nie aus. Nein, ich deute nie aus.

Josef K. wird zum Verhör geladen – er geht. Das Verhör findet unter seltsamen Umständen im fünften Stockwerk eines Außenviertels statt – man liest, weiß nicht …

Und ganz unmerklich hat sich die Idee festgehakt, sie greift über, und nun gibt es nichts zu freudianern, und keine gebildeten, geschwollenen Fremdwörter helfen hier weiter.

Es ergibt sich, das Josef K. in eine riesenhafte Maschinerie geraten ist, in eine bestehende, arbeitende, geölt laufende Maschine des Gerichts. Er vernachlässigt seine Stellung in der Bank, er berät mit Advokaten, er geht zu den Verhören, obgleich er sich geschworen hat, nicht hinzugehen, er beschwert sich über das Betragen der Gerichtsdiener in seiner Wohnung – es sickert auch langsam durch, dass er einen »Prozess« hat, es scheint, dass alle Leute davon wissen, oder doch viele, es ist wohl etwas Legitimes. Bis es ihn in der Bank selbst erwischt.

»Als K. an einem der nächsten Abende den Korridor passierte, der sein Büro von der Haupttreppe trennte – er ging diesmal fast als der Letzte nach Hause, nur in der Expedition arbeiteten noch zwei Diener im kleinen Lichtfeld einer Glühlampe –, hörte er hinter einer Tür, hinter der er immer nur eine Rumpelkammer vermutet hatte, ohne sie jemals selbst gesehen zu haben, Seufzer ausstoßen.« Er öffnet. Da steht ein Mann in dunkler Lederkleidung und vor ihm die beiden Gerichtsdiener. »Was tut Ihr hier?«, fragt er sie. »Herr! Wir sollen geprügelt werden, weil du dich beim Untersuchungsrichter über uns beklagt hast.« In der Bank? In dieser so realen Bank? K. unterhandelt mit ihnen, versucht, den Prügler zu besänftigen – so hart habe er seine Beschwerde nicht gemeint … Aber sie müssen sich ausziehen, die Gerichtsdiener, schon sind die Oberkörper nackt, die Rute tanzt … Da schlägt K. die Tür zu. Der Schrei der Geprügelten wird jäh abgeklemmt.

Am nächsten Tag geht er scheu an der Tür vorbei, die sein Geheimnis vor der Bank verbirgt. Er öffnet, aus Gewohnheit … »Vor dem, was er statt des erwarteten Dunkels erblickte, wusste er sich nicht zu fassen. Alles war unverändert so, wie er es am Abend vorher beim Öffnen der Tür gefunden hatte. Die Drucksorten und Tintenflaschen gleich hinter der Schwelle, der Prügler mit der Rute, die noch vollständig angezogenen Wärter, die Kerze auf dem Regal und die Wächter begannen zu klagen und riefen: Herr! Sofort warf K. die Tür zu …«

Ich gebe diese Probe, um die grausame Mischung von schärfster Realität und Unirdischem zu zeigen – wie neben den Büroboten der lederschwarze Prügler, aus einer Masochisten-Fotografie geschnitten, die Rute schwingt… Und K. wirft die Tür zu – nein: »er schlug noch mit den Fäusten gegen sie, als sei sie dann fester verschlossen«. Der Prozess schwebt.

Der Prozess braucht einen Advokaten. K. findet ihn, aber hier hat das Buch nun schon beinah ganz die Erde verlassen – wie eine schwarze Kugel schwebt es durch den Raum. Beim Advokaten ist ein Leidensgefährte, ein jämmerlicher zerprügelter kleiner Mensch – und es gibt untere und obere Advokaten, und das Schrecklichste ist, dass niemand die Spitze dieser Pyramide absehen kann, Niemand dringt jemals in diese Höhen, scheint es …

Also eine Justizsatire? Nichts davon.

So wenig, wie die ›Strafkolonie‹ eine Militärsatire ist oder die ›Verwandlung‹ eine Bourgeois-Satire – es sind selbstständige Gebilde, die niemals auszudeuten sind.

Der treuste Freund Max Brod, der dem Buch ein wunderschönes Nachwort geschrieben hat, und dessen unermüdlichen Anstrengungen wir erst die Drucklegung dieses Schatzes und fast aller andern Bücher Kafkas verdanken – Brod erzählt uns, das Buch sei ein Fragment geblieben. Man merkt das auch; ich fühle in diesem Punkt ein klein wenig anders als Brod. So erscheint mir bei diesem herrlichen Prosaiker zum ersten Mal dies und jenes nicht ganz ausgeglichen – auch steht für mein Empfinden das grandiose Schlusskapitel etwas unvermittelt an dem vorletzten Abschnitt, der übrigens eine Meisterleistung für sich ist.

Dieser Prozess ist selbstverständlich, wie auch aus Brods Darlegungen im Nachwort hervorgeht, niemals eine Allegorie gewesen. Er ist sofort als Symbol konzipiert, tatsächlich hat sich das Symbol selbständig gemacht, es lebt sein eignes Leben. Und was für ein Leben …

Da ist eine Szene bei einem etwas verkommenen Maler, von dem man dem Angeklagten K. gesagt hat, er könne ihm im Prozess durch Fürsprache bei den obern Richtern nützlich sein. Zu dem geht er. Der Mensch wohnt oben im Haus, in einer kleinen, unaufgeräumten Stube. Zum Schluss der Unterredung bittet der Maler, ihm doch ein Bild abzukaufen, vielleicht mehrere Bilder … Und holt nun immer dieselbe Heidelandschaft unter seinem Bett hervor, immer dieselbe … Und dann geleitet er den Hilfesuchenden zur Tür hinaus, und K. ist wieder in den gefürchteten Gerichtskorridoren. »Woher staunen Sie?«, fragt der Maler. »Es sind die Gerichtskanzleien. Wussten Sie nicht, dass hier Gerichtskanzleien sind? Gerichtskanzleien sind doch fast auf jedem Dachboden, warum sollten sie grade hier fehlen?«

Also ein Traum? Nichts ist für mein Gefühl verkehrter, als mit diesem verblasenen Wort Kafka fangen zu wollen. Dies ist viel mehr als ein Traum. Das ist ein Tagtraum.

Etwas Ähnliches an Zügellosigkeit gibt es nur noch in geschlechtlichen Kindheitsfantasien, wo Schule, Haus, die Stadt und die Welt einer, einer einzigen Idee untergeordnet sind – wo die Menschen Glaskleider tragen oder halt! noch besser: vorn kleine Glasluken, damit man sie besser sehen kann … Das Buch ist nicht wahnsinnig – es ist vollkommen vernünftig, es ist in seiner Idee so vernünftig, wie manche Irre vernünftig sind, logisch, mathematisch in Ordnung: Es fehlt eben jene leise Dosis von Irrationalem, die erst dem vernünftigen Menschen den innern Halt gibt. Nichts schrecklicher als ein reiner Mathematiker des Verstandes – nichts unheimlicher.

Nun ist aber Kafka ein Dichter seltenen Formats, und diese ultralogische Grundidee ist berankt mit realen Fantasiegebilden. Es gibt gar keine Frage mehr, ob es das alles gibt – das gibt es, das ist so wahr, wie in der Strafkolonie eine Tötemaschine steht, so wahr, wie sich der Geschäftsreisende damals in einen Käfer verwandelte … das ist so.

Das vorletzte Kapitel enthält die theologische Ausdeutung einer kleinen Geschichte Kafkas, die sich in dem Band »Ein Landarzt« findet, sie heißt: »Vor dem Gesetz«, ein Muster reiner Prosa. Hier im Buch schwillt die Geschichte auf, wird, nach, des Autors eignen Worten, unförmlich; ein Gefängniskaplan im Dom erklärt sie dem lauschenden und disputierenden Josef K., verstrickt ist er, nichts kann ihn retten.

Wie er stirbt, mag man selber nachlesen. Die letzte Minute ist eine Vision von einer nie gehörten Stärke. »Seine Blicke fielen auf das letzte Stockwerk des an den Steinbruch grenzenden Hauses. Wie ein Licht aufzuckt, so fuhren die Fensterflügel eines Fensters dort auseinander, ein Mensch, schwach und dünn in der Ferne und Höhe, beugte sich mit einem Ruck weit vor und streckte die Arme noch weiter aus. Wer war es? Ein Freund? Ein guter Mensch? Einer, der teilnahm? Einer, der helfen wollte? War es ein Einzelner? Waren es alle? War noch Hilfe? Gab es Einwände, die man vergessen hatte?«

Das Buch schließt mit einem optischen Bild, das ich hier nicht aus dem Zusammenhang reißen möchte, einer alten Fotografie von unvergesslicher Grausigkeit.

Seit Oskar Panizza ist so etwas an eindringlicher Kraft der Fantasie nicht wieder gesehen worden. Das Deutsch ist schwer, rein, bis auf wenige Stellen wundervoll durchgearbeitet. Wer spricht?

Franz Kafka wird in den Jahren, die nun seinem Tode folgen, wachsen. Man braucht niemand zu ihm zu überreden: er zwingt. Wände beleben sich, die Schränke und Kommoden fangen an zu flüstern, die Menschen erstarren, Gruppen lösen sich auf und bleiben wieder wie angebleit stehen, nur der Wille zittert noch leise in ihnen. Man sagt von Tamerlan, er habe einmal seine Gefangenen mit Mörtel zu einer Mauer zusammenmauern lassen, zu einer brüllenden Mauer, die langsam verzuckte. So etwas ist es. Ein Gott formt eine Welt um, setzt sie neu zusammen, ein Herz steht am Himmel und scheint nicht, sondern klopft; ein Fetisch wandelt, eine Apparatur wird lebendig, nur, weil sie da ist, die Frage *Warum?* ist so töricht, beinah so töricht wie in der realen Welt.

Deren Teile sind da – aber sie sind so gesehen, wie der Patient kurz vor der Operation die Instrumente des Arztes sieht: ganz scharf, überdeutlich, durchaus materiell – aber hinter den blitzenden Stücken ist noch etwas andres, die Angst brüllt der Materie in alle Poren, erbarmungslos steht das Operationsbett, hab doch Mitleid! sagt der Kranke, auch du! Das Bett ist so fremd, aber es ist doch im Bunde.

Ein solcher Wille begründet Sekten und Religionen – Kafka hat Bücher geschrieben, einige wenige, unerreichbare, niemals auszulesende Bücher. Hätte sich der Schöpfer anders besonnen, und wäre dieser in Asien geboren: Millionen klammerten sich an seine Worte und grübelten über sie, ihr Leben lang.

Wir dürfen lesen, staunen, danken.

Quellenverzeichnis

Franz Kafka, 27. Januar 1922, aus: Die Tagebücher

Franz Kafka, Brief an den Vater, nach dem Faksimile des Originals

Franz Kafka, Das Gassenfenster, aus: Ders., Betrachtung, Leipzig 1912

Franz Kafka, Das nächste Dorf, aus: Ders., Ein Landarzt, Leipzig 1919

Franz Kafka, Der Advokat Dr. Bucephalus, aus: Die acht Oktavhefte, Das erste Heft

Franz Kafka, Der Fahrgast, aus: Hyperion. Eine Zweimonatsschrift, Jan./Feb. 1908, hg. v. Franz Blei und Carl Sternheim, München 1908

Franz Kafka, Der Nachhauseweg, aus: Hyperion. Eine Zweimonatsschrift, Jan./Feb. 1908, hg. v. Franz Blei und Carl Sternheim, München 1908

Franz Kafka, Der Prozess – Erstes Kapitel, aus: Ders., Der Prozess, hg. v. Max Brod, Berlin 1925

Franz Kafka, Die Verwandlung – Erster Teil, aus: Ders., Die Verwandlung, in: Die Weißen Blätter. Eine Monatsschrift. 2. Jg., Heft 10, hg. v. René Schickele, Leipzig 1915

Franz Kafka, Ein Brudermord, aus: Marsyas. Eine Zweimonatsschrift. Jg. 1, Heft 1, Jul./Aug. 1917, hg. v. Ferdinand Bruckner, Berlin 1917

Franz Kafka, Ein Hungerkünstler, aus: Die neue Rundschau, Jg. 33, Oktoberheft, Berlin 1922

Franz Kafka, Ein Traum, aus: Der Almanach der Neuen Jugend auf das Jahr 1917, Berlin 1916

Franz Kafka, Gespräch mit dem Beter, aus: Hyperion. Eine Zweimonatsschrift. Zweite Folge (1909), 1. Band, Heft 8, März/April 1909, hg. v. Franz Blei und Carl Sternheim, München 1904

Franz Kafka, Gespräch mit dem Betrunkenen, aus: Hyperion. Eine Zweimonatsschrift. Zweite Folge (1909), 1. Band, Heft 8, hg. v.. Franz Blei und Carl Weber, München 1909

Franz Kafka, Gestern kam eine Ohnmacht zu mir, aus: Die acht Oktavhefte, Das zweite Heft

Franz Kafka, Kühl und hart, aus einem Brief an Oskar Pollak

Franz Kafka, Meine Erziehung, aus: Tagebücher. Aufzeichnungen aus dem Jahre 1910

Kurt Tucholsky, Der Prozess, aus: Die Weltbühne. Jg. 22, Nr. 10, Seite 383-386, 9. März 1926, hg. v. Siegfried Jacobsohn, Berlin 1926

Kurzbiografie

1883: am 3. Juli wird Franz Kafka als Sohn einer jüdischen Familie in Prag geboren, damals Bestandteil des Kaiserreichs Österreich-Ungarn

1889–1901: Schulbesuch in Prag, Kafka schließt erste Freundschaften mit späteren Weggefährten wie Oskar Pollak, Hugo Bergmann und Paul Kisch

1899: Kafka wendet sich dem Sozialismus zu, später begeistert er sich jedoch auch für patriotische Massenerlebnisse im Vorfeld des 1. Weltkriegs

1901–1906: Studium der Chemie, Germanistik, Kunstgeschiche, Psychologie und Jura

1907–1922: Anstellung in verschiedenen Versicherungsfirmen, Kafka lernt die Lebensumstände von Werktätigen und Kriegsinvaliden aus nächster Nähe kennen

ab 1908: Veröffentlichung von literarischen Werken in Zeitschriften und Büchern. Der große literarische Durchbruch bleibt Kafka zu Lebzeiten verwehrt, doch Freunde wie der Verleger Kurt Wolff ermutigen ihn, weiterzuschreiben.

1917: Kafka erkrankt an Lungentuberkulose, einer damals unheilbaren Krankheit. Er wird nie wieder vollständig gesund.

1924: am 3. Juni stirbt Franz Kafka in Kierling bei Klosterneuburg. Er wird 40 Jahre alt.

Seinem letzten Willen zufolge sollten sämtliche seiner nicht veröffentlichten Werke vernichtet werden. Kafkas Nachlassverwalter Max Brod setzte sich darüber hinweg, so dass ein Großteil von Kafkas Werk postum veröffentlicht wurde.

Kurzbiografie

Mörderische Kurzkrimis

Mordsgierig
Kriminalgeschichten aus
vier Jahrhunderten
314 Seiten, 12 x 19 cm,
Taschenbuch, zahlreiche
S/W-Abbildungen
ISBN 9783754374382
10,99 EUR (D) /
11,30 EUR (AT)

auch als E-Book erhältlich!
ISBN 9783756252138

mit Geschichten von
Kurt Tucholsky
Franz Kafka
Friedrich Schiller
Edgar Wallace
u. v. a.

Der Klassiker in neuer Auflage!

Franz Kafka
Die Verwandlung
Erzählung
ca. 100 Seiten,
12 x 19 cm, Taschenbuch
ISBN 9783734773303
ca. 7,99 EUR (D) /
8,10 EUR (AT)

Mai 2023

erscheint auch als E-Book!

»Ich habe nie eine Zeile von diesem Autor
gelesen, die mir nicht auf das eigentümlichste
mich angehend oder erstaunend gewesen wäre.«
Rainer Maria Rilke